金色童年阅读丛书
JINSETONGNIANYUEDUCONGSHU

AIXINGUSHI
爱心故事

周晓丹 编

百花文艺出版社
BAIHUA LITERATURE AND
ART PUBLISHING HOUSE

图书在版编目(CIP)数据

爱心故事 / 周晓丹编.—天津：百花文艺出版社，
2010.1

（金色童年阅读丛书）

ISBN 978-7-5306-5576-4

Ⅰ.①爱… Ⅱ.①周… Ⅲ.①儿童文学—故事—作品
集—世界 Ⅳ.① I 18

中国版本图书馆 CIP 数据核字（2009）第 231197 号

百花文艺出版社出版发行

地址：天津市和平区西康路 35 号

邮编：300051

e-mail:bhpubl@public.tpt.tj.cn

http://www.bhpubl.com.cn

发行部电话：(022)23332651　邮购部电话：(022)27695043

全国新华书店经销

天津新华二印刷有限公司印刷

*

开本 880×1230 毫米　1/32　印张 6

2010 年 2 月第 1 版　2010 年 2 月第 1 次印刷

定价：13.50 元

前言

人生幸福，其中很重要的一个因素就是因为有爱。爱是什么？爱是善良，爱是包容，爱是热情，爱是奉献，爱是宽容，爱是幸福，爱是力量……爱是人类最伟大的情感与胸怀。

《爱心故事》就是讲述这种人类最伟大的情感的。父爱的厚重与坚实，母爱的圣洁与伟大，亲情的血浓于水，友情的无私与奉献。我们能够从这数十个爱心故事中，真切地体会到那种殷殷深情。爱心有时是一句问候，一份惦念，是在你繁忙时为别人腾出的一只手，有时虽然只表现在只言片语，细微末节之中，也能让我们的心灵在寒冷的冬天感受到春天般的温暖。

爱心的奉献是一个人品格的体现。我们

每一个人都应培养自己随时随地奉献爱心，当

关心他人成为习惯，当惦记别人成为习惯，当

牵挂别人成为习惯，爱心也就成为了一种习

惯。在家庭、在学校、在社会，对父母、对亲人、

对朋友、对素不相识而需要我们帮助的人，心

中应该时刻拥有爱，时刻奉献爱。让爱成为我

们每一个人的习惯，那样，我们的世界将会变

得更加美好！

在《爱心故事》中体会爱心，感悟心灵，开

启智慧，培养美德，去感受爱心，奉献爱心。

编者

目录

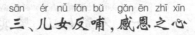

sān ér nǚ fǎn bǔ gǎn ēn zhī xīn
三、儿女反哺，感恩之心

sì xiōng dì jiě mèi shǒu zú qíng shēn
四、兄弟姐妹，手足情深

一、父爱如山，坚实厚重

zhèng bǎn qiáo ài zǐ yǒu dào
郑板桥爱子有道

　　郑板桥是清代著名的书画家、诗人。他的诗字画皆享有很高的声望，他到52岁时才有儿子，起名小宝。他对小宝十分喜欢。为了把儿子培养成有用的人才，他非常注意教育方式。郑板桥被派到山东潍县去做知县，将小宝留在家里，让妻子及弟弟郑墨照管。他担心自己的儿子被娇惯变坏，所以，不断从山东写诗寄回家中让小宝读。"锄禾日当午，汗滴禾下土。谁知盘中餐，粒粒皆辛苦。""昨日入城市，归来泪满巾；遍身罗绮者，不是养蚕人。"等等。小宝在母亲的带领下，一遍又一遍地背记着这些诗句，从而明白了许多人生哲理。小宝长到6岁以后，郑板桥就把小宝带在自己身边，他亲自教导儿子读书。要求每天必须背诵一定的诗文，并且经常给小宝讲述吃饭穿衣的艰辛，并让他参加力所能及的家务劳动。学洗碗，必须洗干净。到小宝12岁时，他又叫儿子用小桶挑水，天热天冷都要挑满，不能间断。由于父亲言传身教，小宝的进步很快。当时潍县灾荒十分严重。郑板桥一向清贫，家里也未多存一粒粮食。一天小宝哭着说："妈妈，我肚子饿！"妈妈拿一个用玉米粉做的窝头塞在小宝手里说："这是你爹中午节省下来的，快拿去吃吧！"小宝蹦跳着走到门外，高高兴兴地吃着窝头。这时，一个光着脚的小

女孩站在旁边，看着他吃。小宝发现这个流露饥饿目光的小女孩，立刻将手中的窝头分一半给了她。郑板桥知道后，非常高兴，就对小宝说："孩子，你做得对，爹爹真喜欢你！"直到临终前，他还要让儿子亲手做几个馒头端到床前。当小宝把做好的馒头端到床前时，他放心地点了点头，随即合上了眼睛，与世长辞了。临终前，他给儿子留下的遗言："流自己的汗，吃自己的饭，自己的事自己干，靠天靠人靠祖宗不算好汉。"

yue du ti shi
阅读提示

郑板桥虽然是52岁才得子，但他对儿子不娇不宠，而是严格教导。熟读诗书、勤俭节约、助人为乐，郑板桥教育出了一个好儿子，而他，则是一个了不起的父亲。

王羲之劝子于学

晋代书法家王献之自小跟父亲王羲之学写字。有一次，他要父亲传授习字的秘诀，王羲之没有正面回答，而是指着院里的十八口水缸说："秘诀就在这些水缸中，你把这些水缸中的水写完就知道了。"

王献之心中不服，认为自己人虽小，字已经写得很不错了，下决心再练基本功，在父亲面前显示一下。他天天模仿父亲的字体，练习横、竖、点、撇、捺，足足练习了两年，才把自己写的字给父亲看。父亲笑而不语，母亲在一旁说："有点像铁画了。"王献之又练了两年各种各样的钩，然后给父亲看，父亲还是不言不语，母亲说："有

点像银钩了。"王献之这才开始练完整的字，足
足又练了四年，才把写的字捧给
父亲看。王羲之看后，在
儿子写的"大"字下面加
了一点，成了"太"字，因
为他嫌独生子写的"大"
字架势上紧下松。母亲
看了王献之写的字，叹了
口气说："我儿练字三千

日，只有这一点是像你父亲写的！"王献之听了，
这才彻底服了。从此，他更加下工夫练习写字了。

王羲之看到儿子用功练字，心里非常高兴。
一天，他悄悄地走到儿子的身后，猛地拔他执握
在手中的笔，没有拔动，于是他赞扬了儿子说：
"此儿后当复有大名。"王羲之知道儿子写字时
有了手劲，这才开始悉心培养他。后来，王献之
真的写完了这十八缸中的水，与他的父亲一样，
成了著名的书法家。

yue du ti shi

阅读提示

王羲之尽管很爱自己的儿子，但他把这份爱放在了心中，对儿子严格要求，使王献之逐步懂得学无止境的道理。这份父爱，爱得高明，爱得深远。

穷鞋匠培养出大作家

丹麦童话作家安徒生出生在富恩岛上一个叫奥塞登的小城镇上，那里有不少贵族和地主，而安徒生的父亲只是个穷鞋匠，母亲是个洗衣妇。贵族地主们怕降低了自己的身份，从不让自己的孩子和安徒生一起玩。安徒生的父亲对此非常气愤，但一点也没有在孩子面前表露，反而十分轻松地对安徒生说："孩子，别人不跟你

玩，爸爸来陪你玩吧！"父亲亲自把安徒生简陋的房间布置得像一个小博物馆，墙上挂了许多图画和做装饰用的瓷器，橱窗柜上摆了一些玩具，书架上放满了书籍和歌谱，就是在门玻璃上，也画了一幅风景画。父亲还常给安徒生讲《一千零一夜》等古代阿拉伯的故事，有时则给他念一段丹麦喜剧作家荷尔堡的剧本，或者英国莎士比亚的剧本。为了丰富安徒生的精神世界，父亲还鼓励安徒生到街头去看埋头工作的手艺人、弯腰曲背的老乞丐、坐着马车横冲直撞的贵族等人的生活，这些经历为安徒生以后写出《卖火柴的小女孩》、《丑小鸭》等童话故事打下了很好的基础。

阅读提示

安徒生的父亲——这个穷鞋匠，让儿子抬起了自尊的头颅，学会了观察身边的世界。这位父亲充满智慧的光华，使人倍感温暖。

外国阔佬对孩子的"苛求"

石油大王洛克菲勒是世界上第一个家产超过10亿美元的大富翁，他的家族至今亦是地球上最富有的家族之一。洛克菲勒只有一个儿子，名叫约翰。他尽管那么有钱，却从不娇惯儿子，从小教育儿子生活要节俭。约翰·洛克菲勒从父亲手里接过家产以后，继承了父亲重视节俭、严格教育子女的家规。约翰有五子一女，在入学以前，约翰从不给孩子零用钱，孩子上学以后，才给他们少量的零用钱。发给的零用钱根据年龄而变化，7—8岁时，每周3角，11—12岁时，每周1元，13岁以上，每周2元，每周发一次。每个孩子都有一个小账本，把零用钱的开支情况随时记录在本子上，每逢向父亲领取零用钱时都要

给父亲检查，凡是账目清楚，开支正当或有节余者，下次递增5分，反之，则递减5分。此外，凡孩子主动从事家务劳动，也会获得报酬，例如打死100只苍蝇，奖励1角，消灭1只老鼠，给酬5分，给家里人擦皮鞋，每双付劳务费5分。约翰·洛克菲勒认为，富裕家庭的女子比普通人家的女子更容易受物质的诱惑，追求更多的享受，贪图走最平坦的道路，因此，"富人进天堂比骆驼钻针眼还困难。"他像自己的父亲一样，为了使洛氏家庭后继有人，不断发达，自小严格要求孩子懂得每一分钱来之不易，绝不容许轻易浪费。无独有偶，美国前总统肯尼迪的父亲约瑟夫也是如此"苛求"孩子的。约瑟夫是美国最大的五大企

业家之一。肯尼迪成为总统以后，曾回忆起他在10岁时的一件往事，那时他向父亲递交了一份申请，请求父亲将他的零用钱从每周4角提高到6角，但是父亲断然拒绝了他。

yue du ti shi
阅读提示

向这些苛刻的父亲致敬！古今中外，不少明智的父亲，包括一些贤明的帝王将相，也都崇尚节俭，他们主张自小培养孩子勤俭节约的美德。如果你的父亲也是这样教育你的，千万不要反感，因为他给了你真正的"财富"。

bà ba de qín shēng
爸爸的琴声

甜甜是个可爱的小姑娘，会唱动听的歌，会折蹦跳的小青蛙，大家都叫她阳光女孩。可是就在她六岁那年，一切都被一场大火毁灭了。

大火烧毁了甜甜美丽的面容。那一天，她趁妈妈不注意，拿出了大人们特意藏起来的镜子。"啊！妖怪！"她吓得扔掉了镜子，因为她在镜子里看到了一张奇怪又可怕的脸，脸上爬满了一条条蚯蚓似的疤痕。甜甜趴在被子上伤心地哭了起来。"甜甜，爸爸来了！"病房门口的妈妈和爸爸，看到地上的镜子碎片，看到甜甜哭泣着耸动的小肩膀，心也碎了。

从那天开始，甜甜不仅不唱歌了，连话都不爱讲了，不管爸爸怎么逗她，她总低垂着两只无神的大眼睛，要么发呆，要么任那豆大的泪珠一滴、一滴地落下，又落下。爸爸看着，心疼得说不出话来。

这一天，甜甜在病房窗户前正看着外面院子里活蹦乱跳的小伙伴发呆，爸爸兴冲冲地赶来。只见爸爸从包里拿出黑色的花蝴蝶结说："甜甜，快来看，这是爸爸给你的礼物。"爸爸的

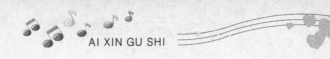
眼睛亮闪闪的，甜甜轻轻地走了过去。

她小心翼翼地拆开花蝴蝶结，打开盒盖，咦？里面躺着一个闪着银色光芒的东西，上面排满了好多小孔。爸爸拉着甜甜的小手："你摸摸，这是一种乐器，叫口琴。"说着，爸爸拿出口琴，放在嘴边吹奏了起来，那是甜甜最喜欢的一首歌，叫《铃儿响叮当》。听着欢快而熟悉的旋律，甜甜笑了，爸爸的眼圈却红了。

"来吧，咱们去外面草地上吹。"爸爸拉起甜甜的小手，大步流星地往外走，把她带到了绿油油的草坪上。爸爸坐到一张长椅上，又吹起了这首歌，刚才在草地上玩耍的小病人都跑过来了，可他们一看到甜甜就停下了脚步，甜甜的眼睛红了，转眼又想跑开。爸爸一把抱住甜甜，笑着告诉那些小病人："这是我的女儿，她唱得可好听了，可是她刚才忘记怎么唱了，你们能帮个忙吗？谁来领个头？"看着爸爸诚挚的目光，那胖乎乎的小男孩说："我来！叮叮当，叮叮当，铃

儿响叮当……"爸爸的琴声又响起来了，边吹边用眼神鼓励着甜甜。身边的小朋友边唱边跳，甜甜的心颤抖起来，她情不自禁地张开嘴："走过大风雪……"小朋友们鼓起掌来，甜甜又笑了，爸爸的眼圈又红了。琴声依然响着，响着……

大火残酷无情，使6岁的阳光女孩甜甜失去了笑颜，心里布满阴云。但深沉又热烈的父爱，那清脆欢快的口琴，叩开了女儿紧锁的心门，让温暖的阳光照进来，让甜甜又变回了阳光女孩。这，就是父爱的力量，它如大山一般，坚实厚重。

爸爸的背

这个男孩在七岁的时候，因为调皮，跟着邻居去爬山，不小心摔断了脊椎骨。当医生宣布他

将终身瘫痪，永远也离不开轮椅的时候，男孩的
爸爸哭了，孩子的母亲在他三岁的时候就去世
了，他觉得对不起儿子，对不起孩子他妈。

爸爸流着泪把儿子背回了家。

一天，儿子兴冲冲地告诉爸
爸："爸，我喜欢画画儿，我
想画画儿！我要当画
家！"左邻右舍都觉得
这孩子异想天开，只有
他的爸爸一本正经地告
诉他："孩子，只要你有
这个想法，爸爸一定帮助你实现！"

于是，爸爸把他背上火车，他们离开那个小
县城，到大城市里拜师学艺。

当父子俩站到 A 城美术学院著名的张教授
家门口的时候，城市已是万家灯火。当张教授把
门打开的时候，爸爸立即跪了下去，央求张教授
收下他的儿子。张教授看着这陌生的父子俩，那

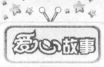
男孩还是一个残疾的孩子，摇了摇头，拒绝了他们。

他们离开了张教授的家，茫然地行走在陌生的城市。父子俩走了很多地方，也敲了很多画画儿名师的门，可是都没如愿，没有一个人肯收下男孩。一次次的被拒绝，男孩已经沮丧得抬不起头来，可是倔强的爸爸却依然不灰心，用他坚实的肩膀继续背着儿子踏上新的拜师之路。他们的真诚和执著终于打动了一个画家，于是男孩成了这位画家免费的特招生。

经过一年的培养，画家发现这个孩子有敏锐的观察力和丰富的想象力，尤其擅长画人物。十年后，当男孩学有所成，终于成功举办个人画展的时候，他的父亲已积劳成疾，离开了人世。

可是爸爸的爱却一直鼓舞着他用手中的笔画出他心中的世界。他创作了一幅叫做《爸爸的背》的画获得了大奖。画面上，有一个个子并不高的父亲，背着年幼的儿子行走在蜿蜒的山路上。

是啊，爸爸的背是儿子实现梦想的人生航船，爸爸的背给儿子温暖、力量和自信，是儿子实现人生价值的坚实阶梯！

yue du ti shi
阅读提示

为了让儿子实现梦想，父亲坚强地扬起了爱的风帆，用他伟岸的背脊，使残疾的儿子终于学有所成，梦想成真。父亲最后倒下了，但他的影响与力量会永远支持儿子前行。

爸爸只是眼睛看不见

这个父亲因为一次意外而导致双目失明，为了生存他练就了一双灵巧的手，成了一名出色的工匠。然而，他的收入仅能勉强维持生活，他和家人一直生活在贫困之中，他年幼的儿子其

zhì lián xiàng yàng de wán jù dōu méi yǒu
至连像样的玩具都没有。

　　ér zi de liù suì shēng rì kuài yào dào le　　tā hěn xiǎng sòng gěi ér zi
　　儿子的六岁生日快要到了,他很想送给儿子

yí fèn tè bié yì diǎn de lǐ wù　　tā xiǎng dào zì jǐ xiǎo shí hou shōu dào
一份特别一点的礼物。他想到自己小时候收到

nà sè cǎi xiān yàn　　tú àn jīng měi ér qiě néng biàn huà wú qióng de wàn huā
那色彩鲜艳、图案精美而且能变化无穷的万花

tǒng yú shì jué dìng qīn zì gěi ér zi zuò yí gè　　jiù xiàng tā xiǎo shí hou
筒,于是决定亲自给儿子做一个,就像他小时候

kàn dào de nà ge wàn huā tǒng yí yàng piào liang　　tā méi yǒu gào su ér zi
看到的那个万花筒一样漂亮。他没有告诉儿子,

zì jǐ wǎnshang mō suǒ zhe qù shōu jí le gè zhǒng gè yàng de shí tou　　bìng bǎ
自己晚上摸索着去收集了各种各样的石头,并把

tā men nòngchéng le xǔ duō de xiǎo kuài er　　tā hái xiǎng bàn fǎ zhǎo lái le xǔ
它们弄成了许多的小块儿,他还想办法找来了许

duō xiǎo kuài de jìng zi hé jīn shǔ piàn
多小块的镜子和金属片。

　　ér zi shēng rì de nà yì tiān　　tā bǎ qīn shǒu zhì zuò de wàn huā tǒng
　　儿子生日的那一天,他把亲手制作的万花筒

gěi le ér zi　　shōu dào shī míng de fù qīn yòng nà shuāng cū cāo de shuāngshǒu
给了儿子。收到失明的父亲用那双粗糙的双手

为他制作的礼物后，儿子激动万分，忍不住啧啧赞叹，因为他从来没见到过这么奇妙的玩具。儿子爱不释手，他听到儿子快乐的笑声，也感到十分满足。

第二天上学，儿子把他的万花筒带到了学校，骄傲地展示给其他小朋友看。其他小朋友从来也没有见过这么有趣的玩具，他们争先恐后地把眼睛放在那个小圆洞上面，边看边夸赞。大家都羡慕这个孩子。一个胖乎乎的小男孩好奇地问他："嘿，你那个好看的叫作万花筒的玩意儿，是在哪个商店买的？我怎么在镇上从来没见到过啊！"工匠的儿子昂首挺胸地回答："不是从商店里买的，是我爸爸亲手给我做的。"听到这个回答，胖男孩根本就不相信地说："不可能，你骗人，你爸爸是个瞎子！"工匠的儿子一时愣住了，可是停顿了几秒钟，他笑眯眯地告诉胖男孩："是的，我爸爸的确是瞎了，但那只是眼睛。"

ér zi de huí dá duō jīng cǎi   tā de bà ba jǐn jǐn shì yǎn jīng kàn
儿子的回答多精彩，他的爸爸仅仅是眼睛看
bú jiàn ér yǐ   duì dài ér zi   tā xiàng suǒ yǒu ài hái zi de fù qīn yí
不见而已。对待儿子，他像所有爱孩子的父亲一
yàng   jié jìn suǒ néng   zhè wú shēng ér jiān dìng de fù ài   yuán yuán liú tǎng
样，竭尽所能。这无声而坚定的父爱，源源流淌
zài wǒ men xīn jiān
在我们心间。

dāng ér zi gǎi guò zì xīn de shí hou
当儿子改过自新的时候

yǒu yí gè lǎo rén   tā yǒu liǎng gè ér zi
有一个老人，他有两个儿子。

yì tiān   xiǎo ér zi duì tā shuō   fù qīn   wǒ xī wàng nín néng bǎ
一天，小儿子对他说："父亲，我希望您能把
shǔ yú wǒ de nà fèn cái chǎn fēn gěi wǒ
属于我的那份财产分给我。"

kě yǐ   lǎo rén shuō
"可以。"老人说。

rán hòu jiù zhēn de bǎ nà fèn shǔ yú xiǎo ér zi de cái chǎn fēn gěi
然后就真的把那份属于小儿子的财产分给
le tā   jǐ tiān hòu   xiǎo ér zi biàn xiàng lǎo rén gào bié   dài zhe zì
了他。几天后。小儿子便向老人告别，带着自
jǐ de quán bù cái chǎn zǒu le
己的全部财产走了。

经过一段时间的挥霍后，他身无分文，不得不沿街乞讨。后来，乞讨都无法维持生计的时候，他只好把自己卖给一个庄园做奴隶。主人安排他在农场喂猪，饥饿难忍时，他甚至要去和猪争食。

这时，他才想起了自己的父亲，想起了过去衣食无忧的生活，他后悔不已，常常自言自语道："我违背了天理，我对不起父亲，我应当回去请求他的原谅。"

当他回到家里时，父亲正在园子里干活，看到自己的儿子站在门口，忙上前抱住了他。儿子羞愧极了，哭着说："父亲，对不起，我不配做您的儿子。"

父亲眼里含着泪，把小儿子拉到屋里坐下，然后忙吩咐仆人们："快去把新衣新鞋拿来，我要亲自给我的儿子换上。还有，把那头最肥的小牛宰了，我要庆祝我儿子的归来！感谢上帝，让他重新回到我身边，虽然他曾迷失了方向，但

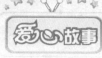

现在他已获得新生！"

当老人的大儿子干完活回来时，看到家里仆人忙作一团。上前一问才知道是弟弟回来了，父亲要为他庆祝。大儿子非常生气，他不想进屋里。正当他转身要离开的时候，父亲出来了，他恳求大儿子进屋里。大

儿子生气地说："您这样做是不公平的！这么多年来，我一直在努力为您工作，从不偷懒。可是您却连一只山羊都不曾赏赐给我，也没有说过要庆祝。可是，您的小儿子，把您分给他的财产挥霍完回来时，您却要为他宰杀最肥的小牛，为他干杯庆祝。"

父亲平静地说："孩子，你一直陪伴在我左右，你努力为我创造的一切将来都会属于你。

kě shì duì yú nǐ dì di de guī lái　wǒ men bì xū yào qìng zhù　yīn wèi
可是对于你弟弟的归来，我们必须要庆祝，因为

nǐ dì di céng jīng mí shī le zì jǐ　rú jīn　tā yòu zhōng yú zhǎo huí le
你弟弟曾经迷失了自己，如今，他又终于找回了

zì jǐ　kāi shǐ huǐ guò zì xīn le
自己，开始悔过自新了。"

yue du ti shi
阅读提示

> fù qīn yòng yì kē bó dà　kuān róng de xīn　yíng jiē gǎi guò zì xīn
> 父亲用一颗博大、宽容的心，迎接改过自新
> de ér zi de huí guī　rén fēi shèng xián　shú néng wú guò　zhè wèi fù qīn
> 的儿子的回归。人非圣贤，孰能无过？这位父亲
> gào su le wǒ men yì tiáo ài hái zi de zhēn lǐ　bú yào qīng shì hé zé mà
> 告诉了我们一条爱孩子的真理：不要轻视和责骂
> fàn guo cuò de hái zi　ér yào quán lì bāng zhù　zhěng jiù tā
> 犯过错的孩子，而要全力帮助、拯救他。

shēng mìng de xiǎo zhōu
生命的小舟

zhè shì fā shēng zài shí duō nián qián de yí gè gù shi
这是发生在十多年前的一个故事。

nà shì yí gè xià tiān de wǎn shang cháng jiāng dà dī tū rán jué kǒu
那是一个夏天的晚上，长江大堤突然决口，

tāo tāo de hóng shuǐ xiàng tuō jiāng de yě mǎ shì de bēn yǒng ér chū　fēng kuáng
滔滔的洪水像脱缰的野马似的奔涌而出，疯狂

de pū xiàng jiāng biān cūn zhài
地扑向江边村寨。

23

当洪魔就要扑进这个小山村时，村里的人们有的在干家务，有的在闲聊。突然有人发现洪水滚滚而来，吓得惊喊："洪水来啦！洪水来啦！快跑呀！"慌乱之际，人们来不及收拾东西，拔腿就跑。

可是有一个人不但不往外面跑，却往屋里跑，他是一个年轻的父亲，他的儿子才满一岁，现在正在家里甜甜地睡觉呢！心急如焚的父亲匆匆跑回屋，可是汹涌的洪水已经淹没小腿了。他冲向孩子睡觉的房间，儿子睡得可真香，根本不知道处在危急之中。父亲一把抱起儿子就往外面跑，可是已经晚了，洪水疯狂地涌进屋子，水一下子涨到腰部了。

这位父亲急得冷汗直冒："怎么办呢？这么小的孩子浸了水就有生命危险。忽然，他看到水面上浮着一个什么圆圆的东西——那是给儿子洗澡用的大塑料盆。"太好啦！"他把儿子轻轻放进澡盆中，自己划着盆顺流而下。

天越来越黑了,他已经累得使不上劲了。就在这万分危急的关头,他和儿子漂到了一个小树林里。他发现一棵树的一个大树杈正好可以把儿子的澡盆嵌进去。于是,他欣喜地把儿子的澡盆放到了树杈间,自己也喘了一口气。可是,洪水依然来势汹汹,如果他双手不抓紧,儿子的澡盆还是会被水冲走。

这位勇敢的父亲决定将身上的衬衣撕成布条,把这个大澡盆捆在树上。他捆了一层又一层,最后做完一切,他没有一点儿力气了,终于松开了紧抓住树杈的手。

tiān liàng yǐ hòu　děng rén men fā xiàn zhè ge hái zi de shí hou　tā
天亮以后，等人们发现这个孩子的时候，他

ān rán wú yàng de huī wǔ zhe xiǎo shǒu
安然无恙地挥舞着小手。

yí ge duō me gǎn rén de gù shi　yí ge duō me liǎo bu qǐ de fù
　　一个多么感人的故事，一个多么了不起的父
qīn　zài wēi nàn shí kè　fù qīn yòng yǒng qì hé zhì huì wèi ér zi zài yí
亲。在危难时刻，父亲用勇气和智慧为儿子在一
piàn wāng yáng zhōng zhù jiù le yì tiáo shēng mìng de xiǎo zhōu　zhè fèn fù ài pǔ
片汪洋中筑就了一条生命的小舟。这份父爱朴
shí ér yòu wēn nuǎn　ràng rén sù rán qǐ jìng
实而又温暖，让人肃然起敬！

二、母爱似海，细腻深沉

MU AI SI HAI XI NI SHEN CHEN

孟母三迁
mèng mǔ sān qiān

战国的时候，有一个伟大的学问家叫孟子。
他三岁时父亲去世，由母亲一手抚养长大。

孟子小的时候非常调皮，他的妈妈为了让
他接受较好的教育，花了好多的心血呢！有一
次，在他们居住的不远处的墓地，孟子正和邻居
的小孩一起学着大人跪拜、哭嚎的样子，玩起办
理丧事的游戏。孟子的妈妈看到了，就皱起眉
头："不行！我不能让我的孩子住在这里了！"

孟子的妈妈就带着孟子搬到市集旁边去住。
在这里，孟子又和邻居的小孩，学起商人做生意
的样子。一会儿鞠躬欢迎客人，一会儿招待客
人，一会儿和客人讨价还价，表演得像极了！孟
子的妈妈知道了，又皱皱眉头："这个地方也不

shì hé wǒ de hái zi jū zhù
适合我的孩子居住！"

yú shì tā men yòu bān jiā le zhè yí cì tā men bān dào le
于是，他们又搬家了。这一次，他们搬到了

xué xiào fù jìn mèng zǐ kāi shǐ biàn de shǒu zhì xù dǒng lǐ mào xǐ huan
学校附近。孟子开始变得守秩序、懂礼貌、喜欢

dú shū zhè ge shí hou mèng zǐ de mā ma hěn mǎn yì de diǎn zhe tóu
读书。这个时候，孟子的妈妈很满意地点着头

shuō zhè cái shì wǒ ér zi yīng gāi zhù de dì fang ya
说："这才是我儿子应该住的地方呀！"

duì yú mèng zǐ de jiào yù mèng mǔ gèng shì zhòng shì chú le sòng
对于孟子的教育，孟母更是重视。除了送

tā shàng xué wài hái dū cù tā xué xí yǒu yì tiān mèng zǐ cóng lǎo shī
他上学外，还督促他学习。有一天，孟子从老师

zǐ sī nà lǐ táo xué huí jiā mèng mǔ zhèng zài zhī bù kàn jiàn mèng zǐ táo
子思那里逃学回家，孟母正在织布，看见孟子逃

xué fēi cháng shēng qì ná qǐ yì bǎ jiǎn dāo jiù bǎ zhī bù jī shang de
学，非常生气，拿起一把剪刀，就把织布机上的

bù pǐ gē duàn le mèng zǐ kàn le hěn huáng kǒng guì zài dì shang qǐng wèn
布匹割断了。孟子看了很惶恐，跪在地上请问

yuán yīn mèng mǔ zé bèi tā shuō nǐ dú shū jiù xiàng wǒ zhī bù yí yàng
原因。孟母责备他说："你读书就像我织布一样。

zhī bù yào yí xiàn yí xiàn de lián chéng yí cùn zài lián chéng yì chǐ zài lián
织布要一线一线地连成一寸，再连成一尺，再连

chéng yí zhàng yì pǐ zhī wán hòu cái shì yǒu yòng de dōng xi xué wen yě
成一丈、一匹，织完后才是有用的东西。学问也

bì xū kào rì jī yuè lěi bù fēn zhòu yè qín qiú ér lái de nǐ rú
必须靠日积月累，不分昼夜勤求而来的。你如

guǒ tōu lǎn bù hǎo hǎo er dú shū bàn tú ér fèi jiù xiàng zhè duàn bèi
果偷懒，不好好儿读书，半途而废，就像这段被

gē duàn de bù pǐ yí yàng biàn chéng le méi yǒu yòng de dōng xi
割断的布匹一样变成了没有用的东西。"

mèng zǐ tīng le mǔ qīn de jiào huì shēn gǎn cán kuì cóng cǐ yǐ
孟子听了母亲的教诲，深感惭愧。从此以

hòu zhuān xīn dú shū fā fèn yòng gōng shēn tǐ lì xíng shí jiàn shèng rén de
后专心读书，发愤用功，身体力行、实践圣人的

jiào huì   zhōng yú chéng wéi   yí dài dà rú   bèi hòu rén chēng wéi   yà shèng
教诲，终于成为一代大儒，被后人称为"亚圣"。

xī mèng mǔ   zé lín chù   zǐ bù xué   duàn jī zhù   sān zì
"昔孟母，择邻处。子不学，断机杼。"《三字
jīng   shàng yě xiě zhe mèng mǔ sān qiān de gù shi   mèng mǔ wèi le gěi ér zi
经》上也写着孟母三迁的故事。孟母为了给儿子
liáng hǎo de shēng huó   xué xí huán jìng   bú yàn qí fán   jǐ cì bān jiā   jiù
良好的生活、学习环境，不厌其烦，几次搬家。就
shì zhè fèn shēn chén ér zhì huì de mǔ ài   cái cù chéng le ér zi de chéng gōng
是这份深沉而智慧的母爱，才促成了儿子的成功。

yuè   mǔ   cì   zì
岳 母 刺 字

bā bǎi duō nián yǐ qián   zài xiàn zài de hé nán shěng tāng yīn xiàn yuè
八百多年以前，在现在的河南省汤阴县岳
jiā zhuāng de yí hù nóng mín jiā li   chū shēng le yí gè xiǎo nán hái   tā
家庄的一户农民家里，出生了一个小男孩。他
de fù mǔ xiǎng   gěi hái zi qǐ gè shén me míng zi hǎo ne   jiù zài zhè
的父母想：给孩子起个什么名字好呢？就在这
shí   yì qún dà yàn cóng tiān kōng ér guò   fù mǔ gāo xìng de shuō   hǎo
时，一群大雁从天空而过，父母高兴地说："好，
jiù jiào yuè fēi   yuàn wú ér xiàng zhè qún dà yàn   fēi de yòu gāo yòu yuǎn
就叫岳飞。愿吾儿像这群大雁，飞得又高又远。"
zhè míng zi jiù dìng xià lái le
这名字就定下来了。

岳飞出生不久，黄河决口，滚滚的黄河水把岳家冲得一贫如洗，生活十分艰难。岳飞虽然从小家境贫寒，食不果腹，但他受母亲的严教，性格倔强，为人刚直。

一次，岳飞有几个结拜兄弟，因为没有吃饭，就要去拦路抢劫，他们来约岳飞。岳飞想到母亲平时的教导，没有答应，并且劝他们说："拦路抢劫，谋财害命的事儿，万万不能干！"众兄弟再三劝说，岳飞也没动心。岳母从外面回来，岳飞一五一十地把情况告诉了母亲，母亲高兴地说："孩子，你做得对，人穷志不穷，咱不能做那

些伤天害理的事！"

岳飞十五六岁时，北方的金人南侵，宋朝当权者腐败无能，节节败退，国家处在生死存亡的关头。一天，岳母把岳飞叫到跟前，说："现在国难当头，你有什么打算？"

"到前线杀敌，精忠报国！"

岳母听了儿子的回答，十分满意。"精忠报国"正是母亲对儿子的希望。她决定把这四个字刺在儿子的背上，让他永远记着这一誓言。岳飞解开上衣，请母亲下针。岳母问："你怕痛吗？"岳飞说："小小钢针算不了什么，如果连针都怕，怎么去前线打仗！"岳母先在岳飞背上写了字，然后用绣花针刺了起来。刺完之后，岳母又涂上醋墨。从此，"精忠报国"四个字就永不褪色地留在了岳飞的后背上。

后来，岳飞以"精忠报国"为座右铭，奔赴前线，英勇杀敌，立下赫赫战功，成为一名抗金名将。

yue du ti shi

yuè mǔ bǎ duì ér zi de ài huà wéi zhūnzhūn jiào huì　jiào yù tā dǒng
岳母把对儿子的爱化为谆谆教诲，教育他懂

de rén qióng zhì bù qióng de dào lǐ　　gǔ lì tā shí xiàn jīng zhōng bào guó de
得人穷志不穷的道理，鼓励他实现精忠报国的

zhuàng zhì　zhè fèn shēnmíng dà yì de mǔ ài zào jiù le yí gè jié chū de mín
壮志。这份深明大义的母爱造就了一个杰出的民

zú yīngxióng
族英雄。

zuì guì zhòng de bǎo shí
最贵重的宝石

kē nī lì yà shì luó mǎ shí dài zhù míng de bǎo mín guān tí bǐ lüè
科妮莉亚是罗马时代著名的保民官提比略

gé lā gǔ de qī zi　　zài zhàng fu qù shì zhī hòu　　tā dú zì zhào
·革拉古的妻子。在丈夫去世之后，她独自照

gù zhe zì jǐ de liǎng gè hái zi
顾着自己的两个孩子。

yǒu yì tiān　kē nī lì yà jiā li jǔ xíng le yí cì guì zú fū
有一天，科妮莉亚家里举行了一次贵族夫

rén men de jù huì　fū rén men fēn xiǎng zhe kē nī lì yà zhǔn bèi de měi
人们的聚会。夫人们分享着科妮莉亚准备的美

shí　zài xián tán zhōng yú kuài de xiāo mó zhe shí jiān
食，在闲谈中愉快地消磨着时间。

yǒu yí gè fū rén xiàng dà jiā shēn chū le zì jǐ de shǒu
有一个夫人向大家伸出了自己的手。

"你们看，这个戒指如何？"

那位夫人炫耀着自己的戒指说。镶嵌着硕大宝石的戒指，一看就价格不菲。

"真漂亮呀。不过我的项链……"

"那我的手镯如何呀？"

别的夫人们也都开始炫耀自己身上佩戴的戒指、项链、耳坠、手镯之类的首饰，这些夫人们炫耀的珠宝都美丽而昂贵。

科妮莉亚却只是欣赏别人的珠宝，并不把自己的拿出来炫耀。

有人就问她："科妮莉亚夫人，把您的珠宝拿出来让我们瞧瞧吧。"

别的夫人们都催促她把珠宝拿出来。

"我实在是没有什么值得给各位看的呀……"

科妮莉亚犹豫着谢绝了。

"您不要这样，还是给看一下吧。这时不拿出来高兴一下，什么时候拿出来呀？"

大家实在是催得太厉害了，科妮莉亚就安

jìng de qǐ shēn   jìn dào le lǐ wū
静地起身，进到了里屋。

fū rén men duì kē nī lì yà jiāng yào cóng fáng jiān li ná chū lái de
　　夫人们对科妮莉亚将要从房间里拿出来的

zhū bǎo chōng mǎn le qī dài   guò le piàn kè   kē nī lì yà yì shǒu qiān
珠宝充满了期待。过了片刻，科妮莉亚一手牵

zhe yí gè ér zi jìn lái le   rán hòu kàn le kàn sì zhōu shuō   zhè liǎng
着一个儿子进来了，然后看了看四周，说："这两

gè hái zi jiù shì wǒ zuì zhēn guì de zhū bǎo   jí biàn bǎ quán luó mǎ de
个孩子就是我最珍贵的珠宝，即便把全罗马的

cái chǎn dōu gěi wǒ   wǒ yě bú huì huàn de
财产都给我，我也不会换的。"

yue du ti shi
阅读提示

shì a   zài mǔ qīn de xīn zhōng   hái zi shì wú jià zhī bǎo   wú
　　是啊，在母亲的心中，孩子是无价之宝，无

lùn hái zi měi lì huò shì chǒu lòu   wú lùn hái zi cōng míng huò shì píng yōng
论孩子美丽或是丑陋，无论孩子聪明或是平庸，

mǔ qīn dōu huì wú sī de guān ài ér nǚ
母亲都会无私地关爱儿女。

mǔ ài de lì liàng
母爱的力量

fǎ guó dà zuò jiā yǔ guǒ cóng xiǎo jiù fēi cháng xǐ ài xiě zuò   mǔ
　　法国大作家雨果从小就非常喜爱写作，母

qīn duì tā de zhè yí ài hào fēi cháng zhī chí   zài mǔ qīn de gǔ lì xià
亲对他的这一爱好非常支持。在母亲的鼓励下，

小雨果的写作从小就显露出锋芒。

有一年，著名的美文研究院组织征诗大赛。

小雨果和母亲既盼望又激动，正当他全力为参赛创作新诗的时候，他的母亲突然病倒了，而且几天都处于昏迷状态。小雨果着急得干什么都没有心思，于是，只好把一首从前写的、自认为写得不是最好的《凡尔登贞女》送去参赛。在小雨果焦急的等待中，几天后，母亲从昏迷中醒来，一看见小雨果，就立即询问他参加征诗大赛的情况，小雨果吞吞吐吐地告诉了她实情。在病榻前，母亲用无力的手拉住儿子的手，轻声地说："维克多，你不该在困难面前退却。记住，永远不该。我要你得到那'金百合花'特别奖，你要把你创作的最好的诗送去。"母亲说话的声音很小，但小雨果听得出来，那话语中却包含着她的深切期望。但雨果还是感到有些为难，低着头，担心地对母亲说："但是，恐怕来不及了，明天就到期了。"没想到母亲的眼睛里散发着光彩，她

的声音大了起来："不，
好孩子，来得及。今晚
就写，明天一早就念给
妈妈听，妈妈的病很快
就会好起来。妈妈最
不喜欢碰到难事就畏
缩的人。"小雨果抬头
看着母亲，她的眼睛里

满是鼓励和信任，还有期待。他不再犹豫，坐在
病重的母亲身旁，在母亲压抑着的咳嗽声中不
停地写着、改着。一夜之间写了120行诗。

　　在母子共同的期待中，半个月后，这120行
诗使维克多·雨果得到了"金百合花"特别奖。
《凡尔登贞女》也同时被评为"金鸡冠花"奖。儿
子的成绩是母亲最好的补药。雨果母亲的病，
果真很快就好了。小雨果感到满足极了。

　　"双奖"的事情很快就成为过去，但是母亲
"要得到那'金百合花'特别奖"的坚定话语，却

一直在雨果脑海中萦绕，一直激励他更加勤奋地投入文学创作。1820年2月，美文研究院又组织征诗大赛，雨果的《摩西在尼罗河上》又被评为"金鸡冠花"奖。按照美文研究院的规则：凡一人连得三次诗奖的，都有资格被聘为院士。这样，雨果这个年仅18岁的小伙子竟成了研究院的院士。当雨果兴奋地回家把这一消息告诉母亲时，母亲紧紧抱着儿子，噙着眼泪半天说不出话。母亲的心血和期望换来了丰硕的成果，后来，雨果相继创作了《悲惨世界》和《巴黎圣母院》这两部世界名著，成为法国最伟大的作家之一。

其实，无论是多么高明的钢琴老师、多么知名的舞蹈老师，对于孩子成为音乐家或者舞蹈家所起到的作用，有时却比不上母亲的十分之一呢！事实上，不论古今中外，母爱的力量就是这么神奇。

我就是你的老师

爱迪生是位举世闻名的美国发明家。

在他小的时候，他们全家从一个城市搬迁到另一个城市，由于他患有耳聋的疾病，所以8岁时他才开始上学念书。进的那所学校，只有一个班级。校长和老师都是那位恩格尔先生。学校课程设置呆板，老师还经常体罚学生。老师讲课枯燥无味，引不起他的兴趣。因此，他从来没有好好儿的在椅子上坐过，老师在讲台上教课，他就在下面走动，有时还跑到外面去。

有时候，他会收集附近人家丢弃的物品而制造些奇奇怪怪的东西，并且带入教室，整天就玩这些东西，完全不注意老师在台上讲些什么。老师感到很头痛，因为他往往妨碍别人上课。

由于追根究底的个性，爱迪生对于课业方面的问题非常固执，一个问题未获解答，他就不会继续做下道题目。因此，不了解他个性的老师，便把他当作是一位"迟钝"的学生，斥他为"糊涂虫"、"低能儿"。一次，在上算术课的时候，教师讲的是一位数的加法。许多学生都肃静地听讲。只有爱迪生忽然举手质问老师："二加二，为什么等于四？他问得老师张口结舌，实在没有办法可以回答。

这样，在校学习不到三个月，老师便把他的母亲叫来，对她说："你的儿子一点不用功，还给老师提一些十分可笑的问题。昨天上算术课时，他居然问我二加二为什么等于四，你看这不是太不像话了吗？我看这孩子实在太笨，留在学校里只会妨碍别的学生，还是别上学了吧。"他母亲非常生气地说："我认为他比同龄的大多数孩子聪明，我将教我的儿子，他再也不会来到这里！"

当她领着孩子走出校门时，觉得一阵心酸，

眼里不觉掉下泪来。她始终不承认自己的孩子是低能儿。因为这时她正做女子学校的教师，是一个富有教育经验的人。据她平日留心地观察，阿尔不但不是低能儿，而且时时表现出非常优秀的品质来。在受了这种刺激以后，爱迪生的母亲决心用全力教育阿尔，要使他成为世界上第一等人物。

回到家里时，母亲和爱迪生约定："从现在起，我就是你的老师，但我有两项约束。第一，你要做什么事必须先告诉妈妈，因为你做的事

虽好，但也许会妨碍别人。你要知道，给别人惹麻烦是不好的。另外一件事，就是不可再去妨碍别人，长大后做个对社会有用的人。今后你得好好儿的用功，妈妈要当你的老师，你必须认真听我的教导。"

爱迪生点点头，眼中溢满了泪水，母亲紧紧地抱住爱迪生，母子俩的脸上都闪烁着泪光，两个人的心紧紧系在一起。终于，在母亲的教育下，爱迪生学习了许多知识，为今后的发明创新奠定了良好的基础。

爱迪生的母亲包容儿子的缺点，并竭力挖掘儿子的长处，使爱迪生在她的教育和引导下，开阔了视野，丰富了知识。母亲，往往是最好的老师，因为她懂得怎样更好地去关爱自己的孩子。

了不起的母亲

那天我在一家小吃店吃饭，旁边坐着一个年轻的母亲，她抱着一个两三岁的孩子，身边还有个包。那个母亲一边哄着孩子，一边给孩子喂饭。

她很普通的动作，我却觉得有点异样。只见她把孩子放在右腿上，双手抱着，然后，用嘴咬着勺子的一端，很熟练地低头在盘子里舀菜，再喂到孩子的嘴里。我觉得很奇怪，就多看了几眼。突然我发现那孩子的两只袖管是空的。那个母亲大概也感觉到了我的惊讶，她继续喂着孩子，头也不抬，平静地说："是几个月前的一场意外。"

她没说是什么意外，只说孩子的爸爸已经

离开家乡,去外地打工了,为的是给孩子装一双"世界上最好的手"。"世界上最好的手"。她喃喃地重复着这几个字。

我终于忍不住问道:"那么,你为什么要用嘴咬着勺子喂孩子吃饭呢?"

她解释说:"孩子失去双手时还不记事,他还不知道将来的艰难,但他这辈子注定要用假肢,要用嘴和双脚来代替双手。我是他妈妈,不能让他现在就感到痛苦。我要让他和所有的孩子一样开心。我要让他知道,妈妈也是用嘴做事的。开始我不熟,慢慢地就会了。孩子天天跟我在一起,看着我就会模仿的。只要在孩子面前,我就尽量用嘴做事。现在,他也可以用嘴做好多事了。"

她一面说着一面开始收拾。我看着她熟练地将孩子放进一个小车里,然后用嘴收拾着桌子,把一些杂物放进一个开口包里,用牙一拉带子,带子越过头顶,包挎在了肩上,然后转身出

le diàn mén
了店门。

kàn zhe mǔ zǐ liǎ de bèi yǐng wǒ yì zhí zài xiǎng yí gè hěn pǔ
看着母子俩的背影，我一直在想，一个很普

tōng de mǔ qīn jìng huì rú cǐ wěi dà
通的母亲，竟会如此伟大。

yue du ti shi

yí gè hěn pǔ tōng de mǔ qīn yě shì yí gè hěn liǎo bu qǐ de mǔ
　　一个很普通的母亲，也是一个很了不起的母

qīn tōng guò zì jǐ yǐ shēn shì fàn jiào yù nián yòu de hái zi rú hé
亲，通过自己"以身示范"教育年幼的孩子如何

xué xí dú lì de shēng huó suī rán zhè shì yì tiáo màncháng ér qū zhé de dào
学习独立地生活。虽然这是一条漫长而曲折的道

lù dàn shì yǒu le mǔ qīn de péi bàn hái zi bì dìng huì yí bù yí gè
路，但是有了母亲的陪伴，孩子必定会一步一个

jiǎo yìn zǒu de jiān qiáng zǒu de zì xìn
脚印，走得坚强，走得自信。

mǔ ài chuàng zào de qí jì
母爱创造的奇迹

nà shì liù nián qián dōng jì li yí gè xún cháng de rì zi měi guó
　　那是六年前冬季里一个寻常的日子，美国

fèi chéng de yí hù rén jiā què wú duān huǒ qǐ
费城的一户人家却无端火起。

jiù huǒ chē hū xiào ér lái jǐng jiè xiàn wài yí gè hū tiān qiǎng dì
救火车呼啸而来，警戒线外，一个呼天抢地

的母亲不顾一切地要冲进火海。她叫科瑞斯，

刚从外面回来，而家里，有她出生仅10天的宝宝。

她是到附近的超市买一些

婴儿的尿片，走时，宝宝刚

刚入睡，甜甜的睡态

是那样的沉醉。可

哪里想得到，悲剧竟

会突然降临。

这场火实在太

大了，尽管它最终被

扑灭了，但是一切都

无可挽回。科瑞斯冲进婴儿室，床上空空如也。

小宝宝的尸骸遍寻不见，随之而来的是人们残

忍地告诉这位母亲，那粉团的生命已经成了灰烬。

科瑞斯天天以泪洗面，深深的思念着女儿。

六年后，那是一个朋友的生日派对，科瑞斯

看到一个女孩，第一眼，就不由得呆住了：可爱

的酒窝儿、美丽的黑发、似曾相识的眼神……一

瞬间，强烈的直觉告诉她，眼前的女孩就是自己的亲生骨肉——六年前在大火中"死去"的那个孩子。

科瑞斯急中生智，佯称小女孩的头发上沾了口香糖，然后借口给她整理头发的机会拿到了5根头发。因为她知道，做一个DNA检测，5根头发足矣。

六年的时间里会怎样？沧海可以变成桑田，平地会起高楼，而对于一个婴儿，她的脱胎换骨又会是怎样的日新月异！所以，我们不能不惊叹一个母亲的直觉——DNA检测证明，小女孩果然是科瑞斯的女儿。

警方不得不对当年的那场火灾重新调查推断。曾被认为是电线短路造成的火灾，现在看来，是狡猾的犯罪分子将孩子偷走后，故意制造的。案件很快就侦破了，偷孩子的竟然是科瑞斯的一个远房亲戚。火灾当天，她曾远道来访，并称自己怀孕了，但是以后再未上门，直到在那

个派对上再次露面。

而科瑞斯也说出了久藏于心的疑点：当她冲进女儿的房间后，床上什么也没留下，但是她发现，一扇窗户竟然是开着的，而当时是冬季，一个母亲不会犯这样的错误——再狡猾的罪犯也会留下蛛丝马迹，就算逃得过警探的眼睛，却逃不过一个母亲的心。失散六年的女儿终于回到了她的怀抱。

世间确实有一种爱，可以创造这样的奇迹。

这是一个令人惊叹的故事，这个了不起的母亲凭借直觉与细致入微的洞察力创造了奇迹，找回了自己的女儿。母爱往往细腻而又深沉，儿女就像那小小的船帆，永远也走不出母亲心中爱的海洋。

药渣中的母爱
yào zhā zhōng de mǔ ài

有这么一个故事，说的是大山里有一个小村子，村里有个孩子叫阿宝。阿宝从小就多病，那时候在乡下求医问药可是难啊，只能吃点草药，他家住的小山村离集镇挺远，他母亲常常一大早就起来，挑上一担柴，去集上为儿子换回大包小包的药来。一包药每一回总要煎上两三遍，直到药汤淡了，母亲才将药渣倒在门前的路上。

时间长了，门前那条路上撒

满了药渣。阿宝很奇怪，便问母亲："为什么要把药渣倒在路上呢？"母亲告诉他："过路人踩着药渣就把病气带走了，你的病就会快一点好起来。"阿宝摇摇头："娘，病气被别人带走，那别人不就要生病了吗？"那一刻，阿宝的母亲什么也没说，只是把阿宝紧紧地搂在怀里。

后来，阿宝果真没见到母亲往门前的路上倒药渣了，可是有一天，他无意中却在屋后的一条山道上看到了满地的药渣——那是母亲上山砍柴的必经之路……

善良而又勇敢的阿宝娘用母爱堆起了一座大山，将永远屹立在阿宝的心中。无私而又伟大的母爱，往往就是这样默默无闻的付出。

妈妈的礼物

上小学三年级的时候，我参加学校的文艺演出，准备在一个短剧里扮演公主。以后的几个星期里，妈妈不辞辛劳地帮我背台词。可是无论我在家背得多么熟，一站到台上，就把台词忘得光光的。终于有一天，老师把我叫到一边，说剧中的一些解说词需要人念，让我改念解说词。想到我的角色被另一个女孩代替，我心里很难过。

那天中午回家吃饭，我没有把这件事告诉妈妈。但是她好像已经觉察到了什么。吃过饭，妈妈拉我到院子里散步。那是个春光明媚的日子，棚架上蔷薇的叶子泛出绿色的光辉，高大的榆树下的青草地上长着一丛丛绽开的蒲公英，

yuàn zi li de huā cǎo shù mù jiāo xiāng huī yìng　　zǔ chéng le yì fú jīng měi
院子里的花草树木交相辉映，组成了一幅精美

de tú huà
的图画。

wǒ kàn jiàn mā ma màn bù jīng xīn de zài yì cóng xiǎo huā qián wān xià
我看见妈妈漫不经心地在一丛小花前弯下

yāo qù　　　wǒ yào bǎ zhè xiē cǎo hé huā dōu bá diào　　tā lián gēn bá
腰去。"我要把这些草和花都拔掉，"她连根拔

qǐ yí shù zhèng zài shèng kāi de xiǎo huā duì wǒ shuō　　cóng jīn tiān qǐ　wǒ
起一束正在盛开的小花对我说，"从今天起，我

xiǎng ràng zán men de yuàn zi li zhǐ shèng xià méi guī huā　　bù　　wǒ jí
想让咱们的院子里只剩下玫瑰花。""不！"我急

máng lán zhù mā ma de shǒu shuō　　wǒ xǐ huan pú gōng yīng　yě xǐ huan qīng
忙拦住妈妈的手说，"我喜欢蒲公英，也喜欢青

cǎo hé qí tā de huā　　mā ma jiàn wǒ zháo jí de yàng zi　biǎo qíng yán
草和其他的花。"妈妈见我着急的样子，表情严

sù　yǔ qì què hěn qīn qiè de wèn wǒ　　měi yì zhǒng zhí wù dōu yǐ tā
肃，语气却很亲切地问我："每一种植物都以它

tè yǒu de yàng zi biǎo xiàn zhe zì jǐ de měi　bìng yòng zì jǐ de měi lì
特有的样子表现着自己的美，并用自己的美丽

zhuāng bàn zhe dà zì rán　nǐ shuō shì bú shì　　wǒ diǎn diǎn tóu　mā ma
装扮着大自然，你说是不是？"我点点头。妈妈

接着说:"人也一样,不是人人都能成为公主,这并不是什么耻辱。"妈妈的安慰说明她已经知道我的心思,我再也忍不住了,一下子哭起来,把学校发生的事全告诉了她。妈妈耐心地听着,脸上带着慈祥的微笑,说:"你可以成为一个优秀的解说员啊。你不是很喜欢朗诵故事给我听吗?解说员的角色和公主一样,都是很重要的。"

在妈妈的开导和鼓励下,我开始为能担任解说员的角色而感到高兴。从此以后,每天中午妈妈都和我一起读一遍解说词,然后商量演出时穿什么衣服。

演出的日子到了。上场前,我站在后台,心里又紧张起来。老师朝我走过来,把一束蒲公英递给我,说:"这是你妈妈送给你的。"蒲公英的叶子已经枯萎蜷曲,看到它,我马上意识到妈妈就在台下,一下子增加了演出的勇气。

演出很成功。结束后,我把那束蒲公英带回家。妈妈小心翼翼地将它用两张洁白的纸包

好，夹在一本厚厚的字典里。我和妈妈都笑了，也许世界上只有我们两个人才会把这束皱巴巴的蒲公英珍藏起来吧！

阅读提示

真正关心呵护孩子，不仅要照顾好孩子的身体，而且要懂得滋养孩子的心灵。这位热情、智慧的母亲，用一朵小小的蒲公英告诉了我们这一真理。

三、儿女反哺，感恩之心

tán zǐ bàn lù qiú rǔ
郯子扮鹿求乳

tán zǐ shì chūn qiū shí dài de míng rén
郯子是春秋时代的名人。

jù gǔ shū jì zǎi tán zǐ chū shēng zài yí hù pǔ tōng de nóng mín jiā
据古书记载，郯子出生在一户普通的农民家

tíng fù mǔ xī xià zhǐ yǒu tā zhè yí gè dú yǎng ér zi zài yán fù cí
庭，父母膝下只有他这一个独养儿子。在严父慈

mǔ de guān huái jiào yù xià tán zǐ yì tiān tiān de zhǎng dà le
母的关怀教育下，郯子一天天地长大了。

tán zǐ suì de nà yì nián tā de fù mǔ tóng shí rǎn shàng le
郯子26岁的那一年，他的父母同时染上了

yì zhǒng qí guài de yǎn jí xiān shì yǎng hòu lái yòu téng zuì zhōng jìng rán
一种奇怪的眼疾。先是痒，后来又疼，最终竟然

dōu shuāng mù shī míng le tán zǐ dào chù qiú yī wèn yào zhěng tiān zài wài
都双目失明了。郯子到处求医问药，整天在外

bēn bō fù mǔ qīn de yǎn jing yī rán jiàn bú dào sī háo de guāng míng yóu
奔波，父母亲的眼睛依然见不到丝毫的光明。由

yú qiè ér bù shě de nǔ lì jiā shàng zhòng wèi xiāng qīn de wú sī bāng zhù
于锲而不舍的努力，加上众位乡亲的无私帮助，

tán zǐ zhōng yú yòu huò dé le yí gè liáng fāng zèng sòng cǐ fāng de shì yí
郯子终于又获得了一个良方。赠送此方的是一

wèi shì jiā míng yī yī shēng zài chǔ fāng de zuì hòu xiě xià le sān gè zì
位世家名医。医生在处方的最后写下了三个字：

yě lù rǔ dàn shì yě lù rǔ què hěn nán qiú
野鹿乳。但是野鹿乳却很难求。

yí cì zài huí jiā de lù shang tán zǐ kàn jiàn cūn li de yì qún hái
一次在回家的路上，郯子看见村里的一群孩

子在玩老鹰捉小鸡的游戏，受到启发，决定扮鹿

求乳。郯子先到猎人那里买了一张连着鹿头的

野鹿皮，又去买了一只又大又结实的银瓶，便辞

别了年迈的爹娘和乡亲，冒着蒙蒙细雨上路了。

　　一路上，郯子风餐露宿，日夜兼程，不久就

来到了野鹿出没的草原上。为了躲避猛兽，郯子

只能在树上过夜，几天下来，累得腰酸背痛，令

人欣喜的是他很快就发现了一个很大的鹿群。

郯子试着接近它们，但是，一连好几次都被野鹿

发现了，原来是闻到了他身上的气味。发现了这

个秘密以后，郯子不再到树上睡觉了。专找鹿群

停留过的地方过夜，有时甚至躺在野鹿的粪堆里

呼呼大睡。这样做当然很危险，随时都有可能遭

到猛兽的攻击，可是他已顾不上去想这些了，心

里只有一个念头：尽快混入鹿群。

　　也不知在草原上过了多少个日日夜夜，就在

干粮快要吃完的时候，郯子惊喜地发现鹿群里有

了刚刚出生的小鹿。他激动地对自己说，时候到

57

了。为了一举成功，郯子小心翼翼地躲在灌木丛中。野鹿们仍然安然地吃着草，郯子觉得不会有什么问题了，就把鹿皮披在身上，把鹿头套在脑袋上，凭着感觉屏着呼吸朝着鹿群爬去。野鹿发现了他，但并不惊慌，有一只小鹿甚至蹦蹦跳跳地跑过来，在他的身上蹭来蹭去，母鹿也跟在小鹿的后面慢慢地走了过来。郯子暗自庆幸，趁着小鹿吃奶的时候，摘下腰间的银瓶，摸索着找到了母鹿的奶头，用以前在一位牧羊人那里学会的手法熟练地挤取鹿乳。母鹿有点不安，却没有跑开，静静地站在那儿，直到被郯子把银瓶挤满了鹿乳。

得到鹿乳后，他一刻不停，

终于在第二天傍晚赶回家中。一进家门，郯子立即取出临行前准备好的草药放到火上煎熬，然后才一头扑到爹娘的身上，激动地说："我回来了！"说完，泪水禁不住流了下来。父母用颤抖的双手抚摸着他，老泪纵横，泣不成声……

药熬好了。郯子服侍着两位老人喝了药，然后从怀里取出银瓶。把带着自己体温的鹿乳给父母喂了下去。三天以后，已经失明了十几年的父母果真奇迹般地恢复了视力。从此，郯子的贤名不胫而走。人们慕名而来，纷纷拜郯子为师，学知识，学做人。

yue du ti shi
阅读提示

作为古代的独生子女，郯子非但没有娇生惯养，反而以一片赤诚之心善待父母。他的故事告诉我们：行孝当及时，错过机会，将是终生的遗憾。

寻亲三千里

朱寿昌是北宋扬州天长（今安徽天长县）人，他的生身母亲刘氏是父亲朱翼的小妾。朱翼的正房太太因为没有儿子，生性妒忌，不断虐待刘氏。朱翼受其挑唆，竟将刘氏逐出家门，而此时朱寿昌才七岁。

刘氏被赶出朱家后，生活无着落，迫于生计，只好忍辱远嫁他人。苦命的母子俩，自此天各一方，音讯全无。母亲被赶走后，朱寿昌整日想念母亲，茶饭不思。夜晚，朱寿昌常梦见母亲，哭着醒过来。长大成人后，朱寿昌做了官。因为思念母亲，朱寿昌吃饭从不摆酒肉。每次与朋友交谈，一旦提及母亲，朱寿昌都会泪如雨下，思念之情，溢于言表。到了宋神宗熙宁初年，朱

shòuchāng yǐ jīng wǔ shí duō suì le　tā cí guān tà shàng le xún mǔ zhī lù
寿昌已经五十多岁了,他辞官踏上了寻母之路。

lí jiā shí　tā hái fā le shì　cǐ cì chū qù　rú guǒ zhǎo bú dào mǔ
离家时,他还发了誓:此次出去,如果找不到母

qīn　jīn shēng jīn shì jué bù huí gù xiāng
亲,今生今世绝不回故乡!

cāng tiān bú fù yǒu xīn rén　zhū shòuchāngzhōng yú zài tóng zhōu　jīn shǎn
苍天不负有心人,朱寿昌终于在同州(今陕

xī dà lì xiàn　qiǎo yù mǔ qīn　cǐ shí de liú shì　yǐ jīng qī shí duō
西大荔县)巧遇母亲。此时的刘氏,已经七十多

suì le
岁了。

zhū shòuchāng bǎ mǔ qīn jiē huí jiā zhōng　jīng xīn cì hou mǔ qīn hé
朱寿昌把母亲接回家中,精心伺候母亲和

jì fù　shǐ liǎng wèi lǎo rén guò shàng le xìng fú de wǎn niánshēng huó
继父,使两位老人过上了幸福的晚年生活。

zhū shòuchāng xún mǔ zhī shì xùn sù chuán kāi　chéng wéi dāng shí de měi tán
朱寿昌寻母之事迅速传开,成为当时的美谈。

yue du ti shi
阅读提示

fù mǔ shēng yù le wǒ men　bìng qiě hán xīn rú kǔ de bǎ wǒ men fǔ
父母生育了我们,并且含辛茹苦地把我们抚

yǎngchéng rén　méi yǒu tā men jiù méi yǒu wǒ men xiàn zài de yí qiè　wǒ men
养成人。没有他们就没有我们现在的一切。我们

yě yào xiàngwénzhōng de zhū shòuchāng yí yàng　láo jì zhè fèn ēn qíng　bú
也要像文中的朱寿昌一样,牢记这份恩情,不

wàngbào dá tā men
忘报答他们。

王冕孝母
wáng miǎn xiào mǔ

王冕是元末明初人，他的家乡在今天的浙
江诸暨。王冕七岁时父亲就去世了，靠母亲做
些针线活供他读书。

眼看三个年头过去，王冕已经十岁了。一
天，母亲把他叫到面前，说："孩子呀，不是我要
耽误你。这几年年成不好，只靠我做些针线活
儿挣的这点钱，实在供不起你读书。如今只好
让你到隔壁人家去放牛。"王冕说："我在学堂里
也闷得慌，不如帮人家放牛，心里倒快活些。这
样可以贴补家用，还能带几本书去读呢。"

第二天一早，母亲便同王冕来到隔壁秦家。
秦家人牵出一头水牛来，交给王冕，指着门外说：
"离这不远就是七泖湖，湖边的草地上有几十棵

hé bào cū de chuí yáng liǔ shí fēn yìn liáng niú yào shì kě le jiù zài
合抱粗的垂杨柳，十分荫凉。牛要是渴了，就在

hú biān hē shuǐ wǒ měi tiān gōng nǐ liǎng dùn fàn zǎo shang zài gěi nǐ liǎng gè
湖边喝水。我每天供你两顿饭，早上再给你两个

qián mǎi diǎn xīn chī zhǐ shì zuò shì yào qín kuài xiē mǔ qīn xiè le qín
钱买点心吃，只是做事要勤快些。"母亲谢了秦

jiā tì wáng miǎn lǐ lǐ yī fu shuō dào
家，替王冕理理衣服，说道：

nǐ zài zhè lǐ chù chù dōu yào xiǎo xīn
"你在这里处处都要小心，

měi tiān zǎo chū wǎn guī miǎn de ràng wǒ qiān
每天早出晚归，免得让我牵

guà wáng miǎn yī yī dā ying mǔ
挂。"王冕一一答应，母

qīn hán zhe yǎn lèi huí qù le
亲含着眼泪回去了。

cóng cǐ wáng miǎn bái tiān zài
从此，王冕白天在

qín jiā fàng niú wǎn shang huí jiā péi
秦家放牛，晚上回家陪

bàn mǔ qīn yù shàng qín jiā zuò
伴母亲。遇上秦家做

xiē yān yú là ròu tā zǒng shě bu de chī yòng hé yè bāo le huí jiā xiào
些腌鱼腊肉，他总舍不得吃，用荷叶包了回家孝

jìng mǔ qīn měi tiān gěi de diǎn xīn qián tā yě shě bu de huā jī zǎn
敬母亲。每天给的点心钱，他也舍不得花，积攒

yì liǎng gè yuè biàn tōu kòng lái dào cūn xué táng cóng shū fàn zi nà lǐ mǎi
一两个月，便偷空来到村学堂，从书贩子那里买

jǐ běn jiù shū bái tiān niú chī bǎo le wáng miǎn jiù zuò zài liǔ yīn xià
几本旧书。白天牛吃饱了，王冕就坐在柳荫下

kàn shū
看书。

bù zhī bù jué sān sì nián guò qù le wáng miǎn dú le bù shǎo shū
不知不觉三四年过去了，王冕读了不少书，

yě míng bai le xǔ duō dào lǐ yì tiān zhèng zhí huáng méi shí jié tiān qì
也明白了许多道理。一天，正值黄梅时节，天气

闷热，王冕放牛累了，便在绿草地上坐着。转眼间，阴云密布。一阵大雨过后，天空中黑云边上镶着白云。阳光透出来了，照得湖水通红。山上青一块，紫一块；山下树木葱茏，青翠欲滴。树枝像水洗过一般，绿得尤其可爱。湖里有千来枝荷花，花苞上雨水点点，荷叶上水珠晶莹透亮。王冕不禁看得入了迷，心里想道："古人说'人在画图中'，真是一点不错。可惜这里没有一个画工能把这荷花画下来。"随后转念又想："天下哪有学不会的事？我何不自己画几笔？"

自此以后，王冕就把攒下来的钱托人到城里买些颜料，学着画荷花。起初画得不好，三个月之后，便大有长进，那荷花的精神、形态、颜色，没有一处不像真的。乡里人见他画得好，竟拿钱来买。王冕的荷花越画越好，这消息一传十，十传百，诸暨一带都晓得他是个画荷花的高手，都争先恐后来买他的画。王冕有了钱，就买些好东西孝敬母亲。

dào le shí qī bā suì　　wáng miǎn lí kāi le qín jiā　　tā měi tiān
到了十七八岁，王冕离开了秦家。他每天

huà xiē huà　dú du gǔ rén de shī wén　　chūn guāng míng mèi de shí hou　wáng
画些画，读读古人的诗文。春光明媚的时候，王

miǎn jiù yòng yí liàng niú chē zài zhe mǔ qīn　dào cūn shang hú biān zǒu zǒu　mǔ
冕就用一辆牛车载着母亲，到村上湖边走走。母

qīn xīn li shí fēn huān xǐ
亲心里十分欢喜。

yue du ti shi

bǎi shàn xiào wéi xiān　　qín fèn hào xué de wáng miǎn jǐn guǎn xǐ　ài dú
"百善孝为先"，勤奋好学的王冕尽管喜爱读

shū　　què yòng shàn yì de huǎng yán kuān wèi niáng de xīn　zhè fèn xiào zǐ zhī xīn
书，却用善意的谎言宽慰娘的心，这份孝子之心

zěn bú lìng rén gǎn dòng
怎不令人感动？

huáng xiāng wēn xí
黄香温席

zài zhōng guó de gǔ shū shang　yǒu　xiāng jiǔ líng　néng wēn xí　de jì
在中国的古书上，有"香九龄，能温席"的记

zài　　jiǎng de shì wǒ guó gǔ dài　huáng xiāng wēn xí　de gù shi
载。讲的是我国古代"黄香温席"的故事。

huáng xiāng xiǎo shí hou　　jiā zhōng shēng huó hěn jiān kǔ　　zài tā　suì
黄香小时候，家中生活很艰苦。在他9岁

shí　mǔ qīn jiù qù shì le　　huáng xiāng fēi cháng bēi shāng　　tā běn jiù fēi
时，母亲就去世了。黄香非常悲伤。他本就非

cháng xiào jìng fù mǔ　　zài mǔ qīn shēng bìng qī jiān　　xiǎo huáng xiāng yì zhí bù lí
常孝敬父母，在母亲生病期间，小黄香一直不离

zuǒ yòu　　shǒu hù zài mā ma de bìng chuáng qián　　mǔ qīn qù shì hòu　　tā duì
左右，守护在妈妈的病床前，母亲去世后，他对

fù qīn gèng jiā guān xīn　　zhào gù　　jìn liàng ràng fù qīn shǎo cāo xīn
父亲更加关心、照顾，尽量让父亲少操心。

dōng yè li　　tiān qì tè bié hán lěng　　nà shí　　nóng hù jiā li yòu
冬夜里，天气特别寒冷。那时，农户家里又

méi yǒu rèn hé qǔ nuǎn de shè bèi　　què shí hěn nán rù shuì　　yì tiān huáng
没有任何取暖的设备，确实很难入睡。一天，黄

xiāng wǎn shang dú shū shí　　gǎn dào tè bié lěng　　pěng zhe shū juàn de shǒu yí huì
香晚上读书时，感到特别冷，捧着书卷的手一会

er jiù bīng liáng bīng liáng de le　　tā xiǎng　　zhè me lěng de tiān qì　　bà ba
儿就冰凉冰凉的了。他想，这么冷的天气，爸爸

yí dìng hěn lěng　　tā lǎo rén jiā bái tiān gàn le yì tiān de huó　　wǎn shang hái
一定很冷，他老人家白天干了一天的活，晚上还

bù néng hǎo hǎo er de shuì jiào　　xiǎng dào zhè lǐ　　xiǎo huáng xiāng xīn li hěn
不能好好儿地睡觉。想到这里，小黄香心里很

bù ān　　wèi ràng fù qīn shǎo ái lěng shòu dòng　　tā dú wán shū biàn qiāo qiāo
不安。为让父亲少挨冷受冻，他读完书便悄悄

走进父亲的房里，给他铺好被，然后脱了衣服，钻进父亲的被窝里，用自己的体温，温暖了冰冷的被窝之后，才招呼父亲睡觉。黄香用自己的孝敬之心，温暖了父亲的心。黄香温席的故事，就这样传开了，街坊邻居人人夸奖黄香。

夏天到了，黄香家低矮的房子显得格外闷热，而且蚊蝇很多。到了晚上，大家都在院里乘凉，尽管每人都不停地摇着手中的蒲扇，可仍不觉得凉快，入夜了，大家也都困了，准备睡觉去了，这时，大家才发现小黄香一直没有在这里。

"香儿，香儿。"父亲忙提高嗓门儿喊他。

"爸爸，我在这儿呢。"说着，黄香从父亲的房中走出来。满头的汗，手里还拿着一把大蒲扇。

"你干什么呢，怪热的天气，"爸爸心疼地说。

"屋里太热，蚊子又多，我用扇子使劲一扇，蚊虫就跑了，屋子也显得凉快些，您好睡觉。"黄香说。爸爸紧紧地搂住黄香，"我的好孩子，可你自己却出了一身汗呀！"

以后，黄香为了让父亲休息好，晚饭后，总是拿着扇子，把蚊蝇扇跑，还要扇凉父亲睡觉的床和枕头，使劳累了一天的父亲，早些入睡。

九岁的小黄香就是这样孝敬父亲，人们说："能孝敬父母的人，也一定懂得爱百姓，爱自己的国家。"事情正是这样，黄香后来做了地方官，果然不负众望，为当地老百姓做了不少好事，他孝敬父母的故事，也千古流传。

yue du ti shi 阅读提示

孝顺父母，从小事做起，9岁的小黄香都深知这个道理。他的孝心让人震撼，向他学习，我们一定也会发现许多让父母快乐的小事，赶快行动吧！

68

爸爸，你在天上看见了吗

在我十岁的时候，我的母亲就去世了，留下我和爸爸相依为命。

我最喜欢的运动是踢足球，虽然被选为学校足球队队员，可是因为水平不如其他同学，所以总是坐在一旁做替补，没有上场比赛的机会。尽管如此，我爸爸仍每场必到。让我感到羞愧的是，三年初中，我虽然没有误过一场训练，但是却从没有参加过正式的比赛，而我爸爸也从来不批评我，总说："你能行的！"

转眼初中就快毕业了，这时一场大赛即将举行，虽然可能依然没有机会上场，我却还是一丝不苟地参加训练。可是那天早上，我的爸爸，与我相依为命的爸爸却遭遇车祸，永远离我而

qù le   lín zhōng qián   tā lā zhe wǒ de shǒu   duàn duàn xù xù de shuō
去了。临终前，他拉着我的手，断断续续地说：

ér zi   nǐ   nǐ yí dìng néng xíng   wǒ fú zài bà ba
"儿子……你……你一定能行……"我伏在爸爸

de shēn biān kū le
的身边哭了。

nà chǎng wǒ qī dài yǐ jiǔ de qiú sài zhōng yú lái le   wǒ zuò zài
那场我期待已久的球赛终于来了。我坐在

hòu bǔ xí shang kàn zhe qiú zài duì yǒu yǔ duì fāng de jiǎo xià lái lái qù qù
候补席上看着球在队友与对方的脚下来来去去，

dǎ de shí fēn jiān nán   dāng xià bàn chǎng kāi shǐ shí fēn zhōng de shí hou
打得十分艰难。当下半场开始十分钟的时候，

wǒ fāng duì yuán què yīn tǐ lì bù zhī   fáng shǒu shī wù ràng duì fāng pò mén
我方队员却因体力不支、防守失误让对方破门

ér rù   xiān jìn yì qiú   jiù zài zhè shí   wǒ bù zhī nǎ er lái de yǒng
而入，先进一球。就在这时，我不知哪儿来的勇

qì   yì kǒu qì chōng dào mǎn liǎn yīn yún de jiào liàn miàn qián   dà shēng shuō
气，一口气冲到满脸阴云的教练面前，大声说：

jiào liàn   qǐng gěi wǒ yí gè jī huì   wǒ xiǎng shàng chǎng
"教练，请给我一个机会，我想上场。"

教练诧异地看了我一眼，摇了摇头："今天的比赛太重要了，不行！"

我不甘心，又跟了上去，央求道："我想上场，教练，请你让我上场，就今天。"我不停地央求，再央求。

教练终于让步了："好吧，你上去吧。"

于是，我这个从未上过场的候补队员，浑身充满着力量，在场上奔跑，带球过人，拦住对方带球的队员，简直就像球星一样。在下半场20分钟的时候，我们球队因为配合到位，踢进一球，将比分踢成了平局。而且就在比赛结束前的几秒钟，我一路狂奔，单枪匹马，将球用力地踢进对方球门，我们赢了！我的队友们高高地把我抛起来，大声喊我的名字！

我却禁不住热泪盈眶，向着悠远明澈的天空高喊："爸爸，你在天上看见了吗？我成功了！"

面对车祸去世的爸爸，儿子把参加比赛、证明自己的价值作为祭奠爸爸的最好礼物。这个故事让人辛酸，也让我们深深感受到儿子对爸爸的一片深情。所以，珍惜我们所拥有的，常常关心我们的父母吧。

丹尼尔的礼物

丹尼尔家非常贫困。所谓"穷人的孩子早当家"，丹尼尔总是利用课余时间帮助家里干活。没有好的干柴用来生火，丹尼尔就常常去捡干树枝当作干柴。

这天天气很好，妈妈却生病了，爸爸又不在家，她便让丹尼尔去捡干柴，丹尼尔欣然答应了。

měi cì qù shí gān chái　　dān ní ěr dōu yào zǒu dào nà piàn lí tā men jū
每次去拾干柴，丹尼尔都要走到那片离他们居

zhù de cūn zi liǎng yīng lǐ yǐ wài de shù lín li　　ér qiě　dān ní ěr
住的村子两英里以外的树林里。而且，丹尼尔

hái děi zài nà lǐ dāi shàng yì zhěng tiān　　zhǐ yǒu zhè yàng cái néng shí dào gèng
还得在那里待上一整天，只有这样才能拾到更

duō de gān chái
多的干柴。

dān ní ěr cóng lái dōu shì gàn huó hěn mài lì　　　suí zhe tài yáng yuè
　丹尼尔从来都是干活很卖力。随着太阳越

shēng yuè gāo　　dān ní ěr gǎn jué yuè lái yuè rè le　bù yí huì er　dān
升越高，丹尼尔感觉越来越热了，不一会儿，丹

ní ěr biàn hàn liú jiā bèi　　bìng qiě sǎng zi gān kě de lì hai　sì hū mǎ
尼尔便汗流浃背，并且嗓子干渴得厉害，似乎马

shàng jiù huì mào chū yān lái　　yú shì tā xiǎng
上就会冒出烟来。于是他想

zhǎo gè dì fang xiū xi yí xià　　rán hòu
找个地方休息一下，然后

qù chī wǔ cān
去吃午餐。

dāng tā zǒu dào xiǎo xī biān shí
　当他走到小溪边时，

yǎn jing yí liàng　zài tái xiǎn zhōng jiān nà
眼睛一亮，在苔藓中间那

me duō shú de tōng hóng de yě
么多熟得通红的野

cǎo méi ràng tā xīng fèn de huān
草莓让他兴奋地欢

hū qǐ lái
呼起来。

yòng miàn bāo hé nǎi
　"用面包和奶

yóu dā pèi chéng kě kǒu de cǎo méi　wèi dào yí dìng hǎo jí le　　dān ní
油搭配成可口的草莓，味道一定好极了！"丹尼

ěr biān xiǎng biān zhāi xià mào zi　　rán hòu biàn qù xiǎo xīn yì yì de cǎi zhāi
尔边想边摘下帽子。然后便去小心翼翼地采摘

那些熟透了的野草莓,摘完后,他在小溪边坐了下来。

这里美极了,小丹尼尔感到非常愉快和满足。他想,要是妈妈也在这里就好了,那样,丹尼尔就可以和妈妈一起分享这诱人的美味了!于是刚刚送到嘴边的那颗草莓就停在了嘴边,而后又被那只小手拿了回去。

"还是把这些草莓留给妈妈吧!"他说,"这会使妈妈很开心的。"可是这草莓实在是太诱人了,丹尼尔还是目不转睛地盯了好长时间。

"我可以先吃一半,把另一半给妈妈带走。"他终于做出了这个决定。于是他就把草莓平均分成了两堆。可是,他感觉分开的草莓每一堆看起来都很小,于是就又合在了一起。

"我只尝一个。"他想,然后就在他马上要把那颗草莓送进嘴里时,却发现那是所有草莓中最好的一颗。于是他又马上停下了。

"我应当把这些草莓全都留给妈妈。"他边

shuō biān bǎ nà xiē cǎo méi xiǎo xīn yì yì de fàng jìn le suí shēn xié dài de
说边把那些草莓小心翼翼地放进了随身携带的

xiǎo dài zi li jǐn guǎn yàn le hǎo jǐ cì kǒu shuǐ dàn tā zuì zhōng yì kē
小袋子里，尽管咽了好几次口水，但他最终一颗

dōu méi yǒu chī
都没有吃。

tài yáng kuài yào luò shān shí dān ní ěr yǐ jīng jiǎn dào le hěn duō
太阳快要落山时，丹尼尔已经捡到了很多

gān chái yì xiǎng dào mā ma kě yǐ chī dào nà xiē měi wèi de cǎo méi le
干柴，一想到妈妈可以吃到那些美味的草莓了，

dān ní ěr jiù rěn bú zhù xīng fèn yú shì tā fēi kuài de gǎn huí jiā
丹尼尔就忍不住兴奋。于是，他飞快地赶回家。

jiù zài tā fàng xià gān chái shí tīng dào le mā ma de shēng yīn shì
就在他放下干柴时，听到了妈妈的声音："是

dān ní ěr ma hěn gāo xìng nǐ huí lái le xīn kǔ le wǒ de hái
丹尼尔吗？很高兴，你回来了。辛苦了，我的孩

zi bú guò wǒ yǒu xiē kǒu kě qù bāng mā ma dào bēi shuǐ ba
子。不过我有些口渴，去帮妈妈倒杯水吧。"

dān ní ěr pěng zhe tā zài shù lín li zhāi de yě cǎo méi pǎo dào mā
丹尼尔捧着他在树林里摘的野草莓跑到妈

ma gēn qián mā ma kàn dào hòu jī dòng de wèn dào zhè shì nǐ liú gěi
妈跟前，妈妈看到后，激动地问道："这是你留给

mā ma de ma　mā ma qīn wěn zhe dān ní ěr　yǎn li chōngmǎn le lèi
妈妈的吗？"妈妈亲吻着丹尼尔，眼里充满了泪

shuǐ　liǎn shang què guà mǎn le xiào róng　mā ma jì xù shuō dào　shàng dì
水，脸上却挂满了笑容。妈妈继续说道："上帝

huì yīn cǐ ér bǎo yòu nǐ de　wǒ de hái zi
会因此而保佑你的，我的孩子。"

cǐ shí cǐ kè　dān ní ěr hé mā ma dōu shì zuì xìng fú de
此时此刻，丹尼尔和妈妈都是最幸福的。

yì pěngxiān měixiāngtián de hóngcǎo méi　duì yú kǒu kě nán nài de hái
　　一捧鲜美香甜的红草莓，对于口渴难耐的孩
zi ér yán　jù yǒu duō me dà de xī yǐn lì　kě shì dān ní ěr rěn zhù
子而言，具有多么大的吸引力。可是丹尼尔忍住
le　yīn wèi tā wēnnuǎn de xīn zhōngzhuāng de gèngduō de shì mǔ qīn　ér
了，因为他温暖的心中装的更多的是母亲，而
bú shì tā zì jǐ
不是他自己。

wǒ pāi shǒu nín tīng dào le méi yǒu
我拍手您听到了没有

chá jī shang　yì tái qiǎn lán sè de wú xiàn diàn shōu yīn jī li　zhèng
　　茶几上，一台浅蓝色的无线电收音机里，正
fàng zhe　yīn yuè huì　de　shí kuàngzhuǎn bō
放着"音乐会"的实况转播。

cuī bó bo de fáng jiān li　dàngyàng zhe měi miào de　gē shēng
　　崔伯伯的房间里，荡漾着美妙的歌声。

房门不知道怎么没关着，住在东隔壁的邻居——小女孩婷婷，左臂抱着一只棕色的小布熊，右手的一个指头塞在嘴巴里，挨着门边儿，想进去又不好意思，可是终于一小步、一小步地迈了进去。

崔伯伯一看见她就招呼："婷婷回来啦？"

她注视着那台浅蓝色的收音机，没有回答，只点了点头。

"幼儿园里阿姨今天讲了故事没有？"

"讲了。"

"讲的什么故事？"

婷婷心不在焉地回答说："三只熊。"

"有意思，怪不得她抱着小布熊。"崔伯伯心里头暗自思忖着。他看着婷婷那副聪明的模样儿，真讨人喜欢，禁不住又问："故事好听吗？"

"啊——唔——"婷婷还是一小步、一小步地向那台浅蓝色的收音机走去。

收音机里深沉的、有力的、带点儿鼻音的男

低音独唱完了，换上了轻
快地、清脆的、优美好听的
女高音。

婷婷仿佛有人从
背后推了她一下，猛
的一步迈到了雕花的
红木茶几旁边。

崔伯伯突然想起

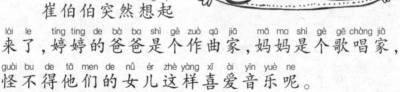

来了，婷婷的爸爸是个作曲家，妈妈是个歌唱家，
怪不得他们的女儿这样喜爱音乐呢。

"你爸呢？"

"出去了。"

"你妈呢？"

"也出去了。"

"你奶奶呢？"

"在家了。"

小女孩儿一双乌黑的大眼睛，眨也不眨地
望着那台浅蓝色的收音机，连瓶子里插着的红

艳艳的蔷薇花也不瞟一眼，却跟着歌声的节拍，

不停地晃着脑袋，身子也在微微地扭动着。

歌声忽然停住了，接着爆发出一阵热烈的

掌声。

婷婷把小布熊朝椅子上一扔，也跟着拍了

一阵子手，小脸儿和小手掌一样红通通的。

崔伯伯好奇地望着她的背影。

突然，这个小女孩儿转过身来，一鞠躬，"再

见！"抓起小布熊，倒提着它一条后腿，蹦蹦跳

跳地跑回房里去，看来十分满足的样子。

街灯亮起来了。婷婷的妈妈回来了，妈妈

背后还跟着她爸爸。

婷婷从房间里飞奔出来，扑到她妈妈怀里

"妈，我在崔伯伯家的'无线电'里听您唱歌。"

"那好。"

"我听您唱'草原上——升起——不落的太阳'。"

"噢——"

"还听您唱'二月里来……好风光，家家户

hù　　　zhòng tián máng　　shì bú shì
户……种田忙’，是不是？”

　　ō　　　　　mā ma shēng yīn li chōng mǎn zhe xiào yì
　　"噢——"妈妈声音里充满着笑意。

　　nín chàng wán gē　　wǒ pāi shǒu nín tīng dào le méi yǒu
　　"您唱完歌，我拍手您听到了没有？"

mā shǒu li de xiǎo pí bāo fàng yě lái bu jí fàng　　bào qǐ tíng tíng
妈手里的小皮包放也来不及放，抱起婷婷

lái qīn zhe　　qīn zhe　　qīn zhe
来亲着，亲着，亲着。

　　　　　nín chàng wán gē　　wǒ pāi shǒu nín tīng dào le méi yǒu　　　jǐn guǎn
　　"您唱完歌，我拍手您听到了没有？"尽管
shì shí fēn tiān zhēn de wèn tí　　yīn wèi lù yīn péng zhōng de mā ma zì rán shì
是十分天真的问题，因为录音棚中的妈妈自然是
tīng bú dào tíng tíng pāi shǒu de shēng yīn　　kě shì tíng tíng pāi shǒu de shēng yīn yí
听不到婷婷拍手的声音，可是婷婷拍手的声音一
dìng huì zài mā ma de xīn zhōng xiǎng qǐ　　nà shì ài de zhǎng shēng　　shì nǚ
定会在妈妈的心中响起，那是爱的掌声，是女
ér duì mā ma de ài
儿对妈妈的爱。

　　　　　　　　　ér　　　　　　zi
儿　　子

sān gè fù rén zài dǎ jǐng shuǐ　　　yí gè lǎo rén zuò zài shí tou shang
三个妇人在打井水。一个老人坐在石头上

xiū xi
休息。

yí gè fù rén duì lìng yí gè shuō dào　　wǒ de ér zi hěn jī ling
一个妇人对另一个说道:"我的儿子很机灵,

lì qi yòu dà　shuí yě bǐ bú shàng tā
力气又大,谁也比不上他。"

kě wǒ de ér zi huì chàng gē　chàng de xiàng yè yīng yí yàng yuè ěr
"可我的儿子会唱歌,唱得像夜莺一样悦耳,

shuí yě méi yǒu tā nà yàng dòng tīng de gē hóu　　lìng yí gè fù nǚ shuō
谁也没有他那样动听的歌喉。"另一个妇女说。

dì sān gè fù nǚ mò bú zuò shēng
第三个妇女默不作声。

nǐ wèi shén me bù tán tan nǐ de ér
"你为什么不谈谈你的儿

zi ne　　liǎng gè lín jū wèn tā
子呢?"两个邻居问她。

yǒu shén me hǎo shuō de
"有什么好说的

ne　tā shuō　　wǒ ér zi shén
呢,"她说,"我儿子什

me tè cháng yě méi yǒu
么特长也没有!"

shuō zhe　　tā men zhuāng mǎn
说着,她们装满

shuǐ tǒng　　tí zhe zǒu le　　lǎo
水桶,提着走了。老

rén yě gēn zhe tā men zǒu qù　　tā men zǒu zǒu tíng tíng　shǒu bì hé bèi lèi
人也跟着她们走去,她们走走停停,手臂和背累

de suān téng　　shuǐ yě jiàn le chū lái
得酸疼,水也溅了出来。

tū rán yíng miàn pǎo lái sān gè nán hái　　yí gè hái zi fān zhe gēn
突然迎面跑来三个男孩,一个孩子翻着跟

dou　tā de mǔ qīn lù chū xīn shǎng de shén sè　　lìng yí gè hái zi xiàng
斗,他的母亲露出欣赏的神色。另一个孩子像

yè yīng yì bān huān chàng zhe　　sān wèi fù rén dōu níng shén qīng tīng　dì sān
夜莺一般欢唱着;三位妇人都凝神倾听。第三

gè nán hái pǎo dào mǔ qīn gēn qián   cóng tā shǒu li jiē guò liǎng zhī chén diàn

个男孩跑到母亲跟前，从她手里接过两只沉甸

diàn de shuǐ tǒng   tí zhe zǒu le

甸的水桶，提着走了。

fù nǚ men wèn nà wèi lǎo rén   wèi   zěn me yàng   wǒ men de

妇女们问那位老人："喂，怎么样？我们的

ér zi zěn me yàng

儿子怎么样？"

ǎ   tā men zài nǎ er   lǎo rén dá dào   wǒ zhǐ kàn dào

"啊，他们在哪儿？"老人答道，"我只看到

yí gè ér zi

一个儿子！"

yue du ti shi
阅读提示

suī rán dì sān gè ér zi méi yǒu fān gēn tou de běn lǐng   yě méi yǒu

虽然第三个儿子没有翻跟头的本领，也没有

yè yīng yì bān měi miào dòng rén de gē hóu   dàn tā yǒu yì kē xiào shùn mǔ qīn

夜莺一般美妙动人的歌喉，但他有一颗孝顺母亲

de xīn   zhè yì diǎn   duì yú mǔ qīn lái shuō   jiù zú gòu le   bǐ qǐ

的心。这一点，对于母亲来说，就足够了。比起

nà xiē xū fú de shēn wài zhī wù   zhè fèn shí shí zài zài de fù chū   yào

那些虚浮的身外之物，这份实实在在的付出，要

nán néng kě guì de duō

难能可贵得多。

红色的凉鞋

母亲节快到了,一年级小学生乐乐寻思着该买什么礼物送给妈妈。

终于,他有了一个好主意,因为天越来越热了,他打算给妈妈买双新凉鞋。

当他把这份花尽了他所有零花钱的礼物送给妈妈时,妈妈感动极了,她紧紧搂住乐乐:"好儿子,为什么给妈妈买礼物?"

"妈妈,祝您母亲节快乐!"乐乐咧开嘴笑了,门牙刚掉,留下了大豁口,那可爱的模样笑得妈妈眼泪都流下来了。

乐乐帮妈妈打开盒盖,呀!是双红色的凉鞋,上面还嵌着亮闪闪的珠片。"妈妈,快试试看,合不合适?"乐乐催促道。

妈妈笑盈盈地把脚伸进了鞋坑儿，大小倒还可以，可是妈妈的脚有点肥，这双凉鞋有点夹脚，而且那红红的亮色、闪闪发光的珠片，似乎很不适合妈妈那并不算漂亮的脚。

"儿子，这双凉鞋多少钱？"妈妈表面上不露声色。

乐乐从口袋里掏出发票："你瞧，我在学校隔壁的大商场给你买的，营业员本来要收我298元，听说是我送给妈妈的礼物，就要了208元。"

妈妈收下发票，揉揉乐乐圆圆的小脑瓜儿："好儿子，谢谢你！"

第二天，妈妈带上发票就急匆匆地拿着乐乐送给她的凉鞋来到了那个大商场。找到那家卖鞋的商家后，妈妈要求退货。营业员接过妈妈的鞋，讲起了乐乐买鞋的经过。

那天，乐乐背着书包一个人来到鞋柜旁，说要给妈妈买双凉鞋。

营业员问："你妈妈的脚是多大码的？"

乐乐想了好一会儿，回答说："不大也不小的码？"

营业员又问："那你妈妈的脚肥不肥？"

乐乐又想了一会儿，回答说："不肥也不瘦。"

营业员又问："那选什么颜色？"

乐乐不假思索："红色，红色是妈妈的幸运色！"

于是，营业员把柜台里唯一的红色的那款凉鞋给了乐乐，还给他打了七折。

营业员告诉妈妈："我当了十多年的营业员，还从没遇到过给妈妈买鞋的小孩子。虽然红色太过夺目，但你儿子坚持说那是你的幸运色，所

以也没给他挑别的颜色。就是怕你们大人不放

心，我给他开了张发票……"

妈妈的眼圈红红的，她从营业员手中又拿

回鞋子，轻声说："这鞋，我不退了，这是孩子的

心意。"

妈妈紧紧抱着鞋盒走出商场，她的脸上洋

溢着幸福的微笑。

这双红色的凉鞋，妈妈将永远珍藏。

这双红色的凉鞋虽然过于艳丽，虽然夹脚，

但在妈妈的心中，它是最好的礼物。因为它饱含

着八岁儿子对妈妈深深的爱，它将成为妈妈记忆

里最温暖的一束阳光。

四、兄弟姐妹，手足情深

kǒng róng ràng lí
孔融让梨

dōng hàn lǔ guó　　yǒu gè míng jiào kǒng róng de hái zi　　shí fēn cōng míng
东汉鲁国，有个名叫孔融的孩子，十分聪明，

yě fēi cháng dǒng shì　　kǒng róng hái yǒu wǔ gè gē ge　　yí gè xiǎo dì di
也非常懂事。孔融还有五个哥哥，一个小弟弟，

xiōng dì qī rén xiāng chǔ de shí fēn róng qià
兄弟七人相处得十分融洽。

yǒu yì tiān　　kǒng róng de mā ma mǎi lái xǔ duō lí　　yì pán lí zi
有一天，孔融的妈妈买来许多梨，一盘梨子

fàng zài zhuō zi shang　　gē ge men ràng kǒng róng hé zuì xiǎo de dì di xiān ná
放在桌子上，哥哥们让孔融和最小的弟弟先拿。

kǒng róng kàn le kàn pán zi zhōng de lí
孔融看了看盘子中的梨，

fā xiàn lí zi yǒu dà yǒu xiǎo　　tā bù tiāo
发现梨子有大有小。他不挑

hǎo de　　bù jiǎn dà de　　zhǐ ná le yí
好的，不拣大的，只拿了一

gè zuì xiǎo de lí zi　　jīn jīn yǒu
个最小的梨子，津津有

wèi de chī le qǐ lái　　bà ba
味地吃了起来。爸爸

kàn jiàn kǒng róng de xíng wéi　　xīn li
看见孔融的行为，心里

hěn gāo xìng　　xīn xiǎng　　bié kàn zhè
很高兴，心想：别看这

hái zi gāng gāng sì suì　　què dǒng de
孩子刚刚四岁，却懂得

yīng gāi bǎ hǎo de dōng xi liú gěi bié rén de dào lǐ ne   yú shì tā gù
应该把好的东西留给别人的道理呢。于是他故
yì wèn kǒng róng   pán zi li zhè me duō de lí   yòu ràng nǐ xiān ná   nǐ
意问孔融："盘子里这么多的梨，又让你先拿，你
wèi shén me bù ná dà de   zhǐ ná yí gè zuì xiǎo de ne
为什么不拿大的，只拿一个最小的呢？"

kǒng róng huí dá shuō   wǒ nián jì xiǎo   yīng gāi ná zuì xiǎo de   dà
孔融回答说："我年纪小，应该拿最小的，大
de yīng gāi liú gěi gē ge chī   bà ba jiē zhe wèn dào   nǐ dì di bú
的应该留给哥哥吃。"爸爸接着问道："你弟弟不
shì bǐ nǐ hái yào xiǎo ma   zhào nǐ zhè me shuō   tā yīng gāi ná zuì xiǎo de
是比你还要小吗？照你这么说，他应该拿最小的
yí gè cái duì ya
一个才对呀？"

kǒng róng shuō   wǒ bǐ dì di dà   wǒ shì gē ge   wǒ yīng gāi bǎ
孔融说："我比弟弟大，我是哥哥，我应该把
dà de liú gěi xiǎo dì di chī
大的留给小弟弟吃。"

bà ba tīng tā zhè me shuō   hā hā dà xiào dào   hǎo hái zi   hǎo
爸爸听他这么说，哈哈大笑道："好孩子，好
hái zi   nǐ zhēn shì yí gè hǎo hái zi   yǐ hòu yí dìng huì hěn yǒu chū xi
孩子，你真是一个好孩子，以后一定会很有出息。"

hòu lái kǒng róng chéng le dōng hàn de wén xué jiā
后来孔融成了东汉的文学家。

yue du ti shi
阅读提示

kǒng róng sì suì jiù xué huì le ràng lí   dǒng de guān xīn zì jǐ de gē
孔融四岁就学会了让梨，懂得关心自己的哥
ge hé dì di   xiàn zài   wǒ men de shēng huó bǐ guò qù fù yù le xǔ duō
哥和弟弟。现在，我们的生活比过去富裕了许多，
dàn dù liàng què biàn xiǎo le bù shǎo   ràng wǒ men yě xué huì qiān ràng yǔ fēn xiǎng
但度量却变小了不少，让我们也学会谦让与分享，
tǐ xiàn qí zhōng de kuài lè
体现其中的快乐。

三兄弟

城里，有一户人家，母亲带着三个儿子生活。不幸的是，有一天，母亲病重过世。

大哥拉扯两个兄弟慢慢长大成人。兄弟三人成年后，想到也该各自独立生活了，于是，便商量着分家另过。

兄弟三人平日里相互友爱，情同手足，分家的事，大家毫无争议，所有的财产统统分成三份，每人各得一份。

院子里有一棵古老的银杏树，大家却不知该如何分才能公平。三个人你看我，我看你，都没有了主意。大哥主动让给俩兄弟，但是俩兄弟谁都不肯独占这棵银杏树。最后，实在没有办法，兄弟三人只好决定把树从上到下分成三

截，每人取一段。这样的分法可谓公平分配，谁都没有意见。他们说好了，第二天就砍树分树。

第二天一大早，大哥提着斧子和锯来到院子里，抬头一看，愣住了：昨天还好好儿的一棵银杏树，今天怎么像是要枯死的样子？叶子全都枯萎了，枝条也像被烧过一样，干裂粗糙。

大哥连忙去找两位兄弟，两位兄弟随大哥来到院子里一看，也都愣住了。这究竟是怎么回事呢？兄弟三个相对无言，木偶一样愣在那里。

好一会儿，大哥忽然拍了拍脑袋，对俩兄弟说："我想是不是不愿意我们把它砍倒分开？"

两个兄弟也似有所悟地喊道："不错！不错！

yí dìng shì zhè me huí shì
一定是这么回事。"

dà gē duì liǎ xiōng di shuō dào liǎng wèi xiōng di kàn le zhè yín
大哥对俩兄弟说道:"两位兄弟,看了这银

xìng shù de biàn huà nán dào wǒ men bù jué de shāng xīn hé cán kuì ma zhè
杏树的变化,难道我们不觉得伤心和惭愧吗?这

kē yín xìng shù zài wǒ men jiā yuàn zi li shēng huó le jǐ shí nián tā qīn
棵银杏树在我们家院子里生活了几十年,它亲

yǎn kàn zhe wǒ men xiōng di sān gè zhǎng dà chéng rén tā bú yuàn yì bǎ tóng
眼看着我们兄弟三个长大成人。它不愿意把同

gēn shēng zhǎng de gēn jīng shù gàn hé shù shāo fēn gē kāi lái suǒ yǐ tīng le
根生长的根茎、树干和树梢分割开来,所以听了

wǒ men kǎn shù de xiǎng fǎ biàn hěn yǒu líng xìng de biǎo xiàn chū tā de shāng gǎn
我们砍树的想法便很有灵性地表现出它的伤感,

cóng ér yě jiào yù wǒ men qīn xiōng di rú tóng shǒu zú bù kě fēn gē
从而也教育我们,亲兄弟如同手足不可分割。"

sān gè xiōng di zhì cǐ bú zài xiǎng fēn shù de shì lián jiā chǎn yě
三个兄弟至此不再想分树的事,连家产也

bù fēn le dà jiā hé hé qì qì de shēng huó zài yì qǐ yín xìng shù
不分了,大家和和气气地生活在一起。银杏树

yě qí jì bān de huī fù le shēng jī ér qiě bǐ yǐ qián zhǎng de gèng jiā
也奇迹般地恢复了生机,而且比以前长得更加

fán mào le
繁茂了。

dà gē shuō de duō hǎo a xiōng di jiè mèi jiù xiàng yì kē shù de gēn
　　大哥说得多好啊,兄弟姐妹就像一棵树的根

jīng shù gàn hé shù shāo shì shǔ yú yì tǐ bù kě fēn gē de zhǐ
茎、树干和树梢,是属于一体、不可分割的,只

yǒu hù xiāng fú chí cái néng yuè zhǎng yuè shèng zhǎng chéng yì kē cān tiān dà shù
有互相扶持,才能越长越盛,长成一棵参天大树。

但愿人长久
dàn yuàn rén cháng jiǔ

古时候，有个文学家叫苏轼。有一年，他被
朝廷派往密州去做官。

一年一度的中秋节到了。这天夜晚，皓月当
空，万里无云。人们都在欢欢喜喜地品尝着瓜
果，观赏着明月，只有苏轼因思念弟弟而心绪不宁。

苏轼跟弟弟苏辙手足情深。小时候，他们俩
一起读书，一起玩耍，整天形影不离。长大以后，
他们就各奔东西，很少再有见面的机会。如今屈
指算来，分别又有七个年头了！

月亮渐渐西沉，透过窗子把银光洒到床前。
苏轼躺在床上，怎么也睡不着。他眼睁睁的望
着那圆圆的月亮，心里不禁埋怨起来：无情的月
亮啊，你为什么偏偏在别人分离的时候变得这么

yuán zhè me liàng ne
圆、这么亮呢？……

tā zhuǎn niàn yòu xiǎng shì shang běn lái jiù shì yǒu bēi yě yǒu huān yǒu
他转念又想，世上本来就是有悲也有欢、有

yuán yě yǒu quē yí yàng nǎ lǐ huì shí quán shí měi ne dàn yuàn měi hǎo de
圆也有缺一样，哪里会十全十美呢！但愿美好的

gǎn qíng cháng liú rén men xīn jiān suī rán yuǎn gé qiān lǐ yě néng gòng tóng yōng
感情长留人们心间，虽然远隔千里，也能共同拥

yǒu zhè yì lún míng yuè
有这一轮明月！

xiǎng dào zhè er tā de xīn li sì hū kuān wèi le xǔ duō biàn dī
想到这儿，他的心里似乎宽慰了许多，便低

shēng yín sòng qǐ lái
声吟诵起来：

rén yǒu bēi huān lí hé
人有悲欢离合，

yuè yǒu yīn qíng yuán quē
月有阴晴圆缺，

cǐ shì gǔ nán quán
此事古难全。

dàn yuàn rén cháng jiǔ
但愿人长久，

qiān lǐ gòng chán juān
千里共婵娟！

yue du ti shi
阅读提示

sū shì zhè shǒu míng wéi shuǐ diào gē tóu zhōng qiū de cí kuài zhì
苏轼这首名为《水调歌头·中秋》的词脍炙

rén kǒu zhèng shì shēn hòu de xiōng dì qíng shǐ tā chǎn shēng le chuàng zuò de líng
人口。正是深厚的兄弟情使他产生了创作的灵

gǎn wán chéng le liú chuán qiān gǔ de jiā zuò
感，完成了流传千古的佳作。

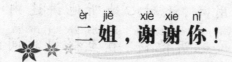

二姐，谢谢你！

这个男孩，在十六岁的时候，是个不良少年。

他喝酒、打架，天不怕地不怕，整天游手好闲。他的爸爸除了痛打他之外，没有任何办法。

终于他品尝到了自己的恶行种下的恶果。

一次闯完祸之后，他被押送到少管所，这里关押着许多像他那样的少年犯。他被判刑一年。

从一匹无拘无束的"野马"到失去自由的少年犯，他感到孤独、恐慌。尤其到了晚上，当他凝视着那黑洞洞的窗口，他的眼泪就缓缓地滑落，他想念家人，可是没有一个人来看他，他们对他已经失去了信心。看着关押的其他同伴都被浓浓的亲情包裹，他的脸色越来越苍白。

终于有一天，他盼来了他的亲人——远嫁他

乡的二姐。二姐风尘仆仆地从外地赶来，给他带来了许多生活用品，还耐心地听他讲述内心的苦闷。二姐笑盈盈地听他讲，直至探视时间结束。

从这以后，二姐几乎每个星期都会来探视他。从二姐家里赶到他关押的地方，要换乘好几趟车，光路上就要花去将近一天的时间，尽管如此，二姐总是风雨无阻。每次看到二姐来，他都高兴得忘乎所以，他觉得自己又有了生活下去的希望，他不觉孤独了。

一年之后，他从少管所出来回到家中，年迈的父亲已经伤透了心，因为害怕他再出去闯祸，就把他关在房里，让他与世隔绝。他无奈地流泪，又一次感到孤独和害怕。一天，二姐回来看他，他对姐姐说他想做音乐。二姐盯着他看了好长的时间，叹了一口气，走了。他想："完了，连二姐也不相信我了。"

没有想到，就在他绝望的时候，二姐拿来了一把新的吉他送给他，并对他说："机会把握在自

己的手里，你想做音乐，就好好儿去做！"他激动
得泪光闪闪，一句话也说不出来，只朝着二姐频
频点头。

拥有了这么一把
珍贵的吉他，他再也
不觉得孤独了。他用
手指拨动着琴弦，开
始了音乐的创作，功
夫不负有心人，他创
作的乐曲脍炙人口，
他没有辜负姐姐的期
望，当他登上领奖台的时候，他深情地说："二姐，
谢谢你！"电视机前，他的二姐笑着流泪了。

yue du ti shi
阅读提示

面对犯错的弟弟，作为姐姐的她既不包庇也
不远离，而是用一颗爱心真诚地关爱他、帮助他，
让昔日的浪子终于悔悟，并迷途知返。

水晶项链

过两天就是圣诞节了，天气非常冷。有一个小女孩跺着脚盯着一家店铺的橱窗看了半天。

店主觉得有些奇怪，就把她叫了过来。

"你怎么了？"

小女孩摸着自己的口袋儿腼腆地说："我想把橱窗里的那条项链送给姐姐当圣诞礼物。姐姐给我当妈妈，在抚养我。"

"是吗？你有多少钱？"

小女孩从口袋儿里把硬币一个一个地拿了出来。

"今天我把自己的储蓄罐儿打碎了，这是我全部的钱。"

小女孩的钱买项链是远远不够的。店主却

98

毫不犹豫地拿出了水晶项链。而且趁孩子不注意把价格条撕了下来，然后把项链配上了漂亮的包装，递给了小女孩。

"回家的时候小心点儿，不要弄丢了。"

"知道了。谢谢您。"

第二天，有一个年轻的女子来到店铺，拿出了昨天小女孩带走的那条水晶项链。

"这个项链是您这里卖的吗？"

"是的，没错。"

"您还记得卖给谁了吗？"

"当然记得。一个小女孩。"

"那……是多少钱呀？"

年轻女子小心翼翼地问道。

"这个项链的价格是37美元。"

"她不会有那么多的钱呀……"

店主听到年轻女子的话，微笑着说："但她倾其所有，而这点谁也无法做到。"

窗外下着可爱的雪，这是一个白色的圣诞节。

yue du ti shi
阅读提示

shànliáng kě ài de xiǎo nǚ hái duì fǔ yǎng tā de jiě jie gǎn ēn yú xīn
善良可爱的小女孩对抚养她的姐姐感恩于心，

qīng qí suǒ yǒu xiǎng wèi jiě jie sòng shàng yí fèn měi lì de shèng dàn lǐ wù
倾其所有，想为姐姐送上一份美丽的圣诞礼物，

zhè chuàn liàng jīng jīng de xiàng liàn li shǎn yào zhe yì kē chún jìng de tóng xīn
这串亮晶晶的项链里，闪耀着一颗纯净的童心。

wǔ měi yuán de zì xíng chē
五美元的自行车

pāi mài huì kào qián de yǐ zi shang zuò zhe yí gè hái zi tā wèi
拍卖会靠前的椅子上坐着一个孩子。他为

le mǎi yí liàng zì xíng chē yí dà zǎo jiù kāi shǐ zhàn zhe zuò wèi le
了买一辆自行车，一大早就开始占着座位了。

hǎo de xiàn zài kāi shǐ jìng pāi xiān cóng zhè liàng zì xíng chē kāi
"好的，现在开始竞拍。先从这辆自行车开

shǐ lái nǎ wèi xiǎng mǎi
始。来，哪位想买？"

pāi mài shī de huà yīn gāng luò xiǎo hái jiù yí xià zi jǔ qǐ le shǒu
拍卖师的话音刚落，小孩就一下子举起了手。

wǔ měi yuán
"五美元。"

zuò zài páng biān de nán rén jiē zhe hǎn dào měi yuán
坐在旁边的男人接着喊道："20美元。"

dì èr liàng zì xíng chē yì chū chǎng xiǎo hái yòu dà shēng hǎn dào
第二辆自行车一出场。小孩又大声喊道：

mǎi yuán
"5 美元。"

jiē zhe yǒu yí wèi dà sǎo gēn zhe   mǎi yuán
接着有一位大嫂跟着："15 美元。"

dì sān cì   dì sì cì   dì wǔ cì   bù guǎn shì shén me yàng
第三次，第四次，第五次……不管是什么样

de zì xíng chē   xiǎo hái měi huí zǒng shì hǎn   mǎi yuán
的自行车，小孩每回总是喊5美元。

dàn shì jià gé hěn kuài jiù tí le shàng qù   xiǎo hái yì zhí méi fǎ
但是价格很快就提了上去，小孩一直没法

mǎi dào zì xíng chē
买到自行车。

pāi mài shī shí zài kàn bú xià qù le
拍卖师实在看不下去了，

jiù guò lái gēn xiǎo hái shuō   hái zi   tí
就过来跟小孩说："孩子，提

gāo diǎn jià gé shì shi
高点价格试试。"

wǒ zhǐ yǒu zhè me diǎn
"我只有这么点

er qián   dàn bì xū yòng zhè me
儿钱。但必须用这么

duō mǎi dào zì xíng chē   yīn wèi
多买到自行车，因为

wǒ dā ying guo dì di yí dìng mǎi
我答应过弟弟一定买

dào zì xíng chē
到自行车。"

hái zi jì xù hǎn   měi yuán   dà jiā yě kāi shǐ fēn fēn zhù yì dào
孩子继续喊5美元，大家也开始纷纷注意到

tā le
他了。

zuì hòu   zhǐ shèng xià zuì hòu yí liàng zì xíng chē le   nà shì zhè
最后，只剩下最后一辆自行车了。那是这

tiān pāi mài de zì xíng chē lǐ miàn zuì hǎo de
天拍卖的自行车里面最好的。

"来，大家出价格吧。"

"5美元。"

孩子的声音已经非常低了，而且一点儿力气也没有了。

拍卖会上静悄悄的。谁也没有继续出价。

"5美元。没有更高的了吗？我数五下，如果还没有人出价，那这辆自行车就是这位小朋友的了。5、4、3、2、1，自行车属于这位小朋友了。"

小孩骄傲地把手中捏得皱皱的5美元纸币交给了拍卖师。大家的掌声许久都没有停下来。

小男孩凭借了他对弟弟的一份爱打动了拍卖会上这么多人的心，使大家心甘情愿地把这辆最好的自行车以5美元的价格让给了他。这辆自行车虽然价格便宜，却饱含真情，所以它又是价值不菲的。

哥哥和妹妹

有一对兄妹，哥哥10岁，妹妹6岁。两个人的关系特别好。

有一天，妹妹骑自行车摔倒了。

"你看这血！出大事了，怎么办呀？"

妹妹腿上的血喷涌如注，哥哥吓得气都喘不上来了。

救护车来的还算及时，血是止住了，只是因为流了太多的血，妹妹还是处于危险之中。

医生问哥哥："把你的血给妹妹就可以救妹妹的生命，你愿意吗？"

哥哥什么话也没有说，就点了点头。

医生在现场让哥哥和妹妹躺下来，在哥哥的手臂上插上了带着橡皮管子的针头，然后将

^{xuè yè shū gěi le mèi mei}
血液输给了妹妹。

^{gē ge jǐn bì zhe yǎn jing   jǐn zhāng de sè sè fā dǒu   gē ge hé}
哥哥紧闭着眼睛，紧张得瑟瑟发抖。哥哥和

^{mèi mei jiù zhè yàng tǎng le   fēn zhōng}
妹妹就这样躺了30分钟。

^{ā   zǒng suàn dù guò wēi xiǎn qī le   xiàn zài kě yǐ shàng yī yuàn}
"啊，总算度过危险期了，现在可以上医院

^{le   yī shēng zhōng yú fàng xià xīn zhōng de dà shí tou   shēn hū le yì kǒu}
了。"医生终于放下心中的大石头，深呼了一口

^{qì   mèi mei jiù bèi jiù hù chē}
气。妹妹就被救护车

^{sòng dào le yī yuàn}
送到了医院。

^{dàn shì gē ge hái shì jì}
但是哥哥还是继

^{xù tǎng zài nà lǐ   yīn wèi tài}
续躺在那里，因为太

^{guò jǐn zhāng   zuǐ chún dōu fā qīng}
过紧张，嘴唇都发青

^{le}
了。

^{wǒ   wǒ shì bú}
"我……我是不

^{shì huì sǐ ya}
是会死呀？"

^{sǐ}
"死？"

^{wǒ shēn shang de xiě dōu bèi chōu zǒu le   wǒ yǐ jīng}
"我身上的血都被抽走了，我已经……"

^{ā   yuán lái nǐ yǐ wéi huì fù chū shēng mìng de dài jià   jū rán}
"啊，原来你以为会付出生命的代价，居然

^{hái dā ying gěi mèi mei shū xiě}
还答应给妹妹输血？"

^{gē ge diǎn le diǎn tóu}
哥哥点了点头。

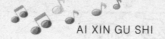
yuán lái shì zhè yàng　　 nǐ bú huì sǐ　　 nǐ mèi mei yě bú huì
"原来是这样。你不会死,你妹妹也不会。"

yī shēngténg ài de fǔ mō zhe gē ge de tóu ān wèi tā
医生疼爱地抚摸着哥哥的头安慰他。

yue du ti shi
阅读提示

duō me chúnzhēn ér yòu shànliáng de gē ge　　 jū rán yuàn yì yòng zì jǐ
多么纯真而又善良的哥哥,居然愿意用自己

de shēngmìng qù wǎn jiù mèi mei　 tā shì yí ge jué duì chèn zhí de gē ge
的生命去挽救妹妹。他是一个绝对称职的哥哥,

yě ràng wǒ men liǎo jiě le shén me jiào xuè nóng yú shuǐ de qīn qíng
也让我们了解了什么叫血浓于水的亲情。

jiě　 dì　 qíng　 shēn
姐弟情深

jiě jie zài　　 suì de shí hou　　 jiā li duō le yí ge jiào dì di de
姐姐在3岁的时候,家里多了一个叫弟弟的

nán hái　　 nà ge xiǎo jiā huo hǎo xiàng tiān shēng jiù shì kuài tǎo tā xǐ huan de
男孩,那个小家伙好像天生就是块讨她喜欢的

liào　 bié rén bào zhe de shí hou zǒng shì kū ge bù tíng　　 lún dào jiě jie bào
料,别人抱着的时候总是哭个不停,轮到姐姐抱

de shí hou jiù hā hā dà xiào　　 jiù shì nà me yí ge tiān zhēn wú xié de
的时候就哈哈大笑。就是那么一个天真无邪的

xiào shēn shēn de yìn zài le jiě jie de xīn li　　 nà shí hou jiě jie zuì dà
笑深深地印在了姐姐的心里,那时候姐姐最大

de yuànwàng jiù shì yǒu le qián de shí hou gěi dì di mǎi yí chuàn yòu cháng yòu
的愿望就是有了钱的时候给弟弟买一串又长又

大的糖葫芦，因为弟弟总是看着那个东西笑，那是弟弟除了看她之外笑得最多的时候。到了姐姐5岁的时候，弟弟已经是整天哭着鼻子跟在姐姐的身后，拽着姐姐的衣角，让姐姐给他买糖吃的孩子了。

再后来姐姐上学了，身后少了那个叫弟弟的尾巴，心里总不是滋味，总想把弟弟带到学校里来，那样的话，他们就可以在一个班级里上课，一起玩游戏了。可是想想弟弟太小了，上学校要是被人欺负了怎么办，还是待在家里的好。

姐姐10岁的时候也是她最开心的时候，因为不久弟弟就要来学校和她一起念书了，姐姐要把自己积攒了多年的本子和铅笔给弟弟用，还要教他怎么读汉字，算算术题。想到自己的功劳这么大，姐姐心里比得了奖状还要高兴。

姐姐15岁的时候，离开了家乡开始到城里去打工，一是因为自己没有考上重点学校，二是因为弟弟的成绩非常优秀，她要攒钱供弟弟上

大学。姐姐为自己作出的决定无怨无悔。

姐姐20岁的时候，并没有像村子里的其他女孩一样嫁人，因为那个夏天她的弟弟考上了重点大学，父母都是农民，无力供养一个大学生，姐姐要用自己的双手为弟弟撑起那片求学的天地。

弟弟在3岁的时候，开始渐渐发觉世界上有一个对他特别好的叫姐姐的人，无论他要什么，姐姐都会设法给他办到。弟弟最喜欢吃糖葫芦了，为了满足弟弟的愿望，姐姐就把自己攒了许久的零花钱拿了出来。在弟弟尽情品尝那份甜蜜时，姐姐总是摇头笑着说自己不喜欢吃甜的东西。

弟弟在7岁的时候，姐姐迎来了她第一个大的生日，那天吃午饭的时候，弟弟问姐姐许了一个什么生日愿望，姐姐说希望弟弟能够快点长大，那样的话，他们就可以每天一起上学，一起做作业，一起玩游戏了。

弟弟12岁的时候，有一天，姐姐突然离开了家，那个晚上弟弟第一次哭了，并发誓永远也不理姐姐了。当姐姐从很远的地方往家里打第一个电话的时候，弟弟哭着问姐姐是不是又找到了一个比自己更乖的弟弟，姐姐哭着说自己开始想家，但是她不会回家，因为她要挣钱给弟弟读大学，让弟弟好好儿学习。从那个时候起，弟弟发誓一定要考上大学，因为那个时候，姐姐就可以回家了。

弟弟18岁的时候终于考上了大学，可是姐姐并没有回家，因为姐姐准备继续挣钱供弟弟念完大学。就在那个上大学的晚上，弟弟暗暗发誓这辈子一定要对一个人好，那个人就是为了他牺牲青春年华的爱他的姐姐。

有人说，兄弟姐妹就像天上飘落的雪花。本是互不相识的，但就是那么一阵缘分的风，把它们一起吹落于大地，化作了雪水永不分离。这对姐弟的感人故事不是正印证了这句话吗？

好哥俩

我有一个大我三岁的哥哥，父母总是把爱尽量均匀地分给我们俩。因为我功课好，所以周围的人们总是对我赞不绝口。于是我常常自鸣得意，便有些看不起哥哥，总觉得他太呆头呆脑，太实在，不会说话。所以常常动不动就打架。

在一个伸手不见五指的盛夏雷雨夜里，我才深深体会到哥哥是多么好的一个靠山：一天傍

晚，我和哥哥兴冲冲从外婆家出来，因为天还早，一路上我们捉虫、逮蝶、爬树，玩个不亦乐乎。猛然间发现天不知不觉已黑了下来，才着急起来。哥儿俩没了兴趣，闷声赶路。心里后悔没听外婆的话："路上莫玩"，没听妈妈的话："晚了就住下"，这时后悔已经来不及了。

这是六月的天，孩子的脸，一时竟狂风大作，下起雨来，不一会儿，我们哥儿俩衣服全湿了，深一脚浅一脚地踩在泥地里，狼狈极了。电闪雷鸣，暴雨倾盆，我紧紧地抓住哥哥的手。路泥泞，干脆脱了鞋。又是风，又是雨，瘦小的我感到又累又饿，又没有什么希望，不禁哇哇大哭起来。

"哭什么？没出息！男子汉大丈夫……"哥哥吼了我一句。

突然一道闪电，我吓得又哭又喊。哥哥蹲下身来，说："我背你。"

我听话地爬上了哥哥的背。哥哥背着我冒雨走着，大约走了一里多路，我越来越感觉哥哥

喘着粗气，脚步也不稳。是啊，他那时才不过十岁。突然，我听到"哎哟"一声，自己已经从哥哥的背上摔了下来。我带着一身泥水爬起来，一道闪电，我看见哥哥抱着他的脚和他沾满血泥的手。

　　路上无人，也看不见灯光。哥哥试探着站起来，又一屁股摔倒在地。他颤抖着对哭成泪人的我说："好弟弟，你先回家喊爹来。"

　　一向胆小的我，突然来了勇气，拔腿就走。我又有些不放心，就回了一下头，恰一道闪电，见哥哥脸色苍白，他看见我在看他，又勉强朝我笑了笑。泪水又涌上来，我一咬牙，拔腿狂奔起来。

　　连磕带爬地，不知过了多久，父亲终于不放心，从家里赶来，我觉得要死了，带着哭腔说了句"快去接哥，他踩玻璃了"，就瘫坐在地上。

　　据父亲后来讲，哥哥见了他，突然大哭起来，怪自己没有带好我这个弟弟。听父亲讲着，我不禁鼻子一酸。也就是从那天起，我真正体会到了手足之情，也渐渐懂得我的恩惠好多都直接来自哥哥的疼爱和呵护。多少次，好吃的东西都让我占先、占多甚至独享，朴实的哥毫无怨言；多少次一块儿做错了事，憨厚的哥总成了挡箭的牌子，尽管都是我这个淘气包捣的鬼。也是从那天开始，我们成了好哥儿俩。

yue du ti shi
阅读提示

故事中的弟弟是幸福的，他有一个好哥哥，谦让他，爱护他。也许我们大多数是独生子女，如果我们把身边的同学、伙伴当成自己的兄弟姐妹，我们也能体会到这种幸福的甜蜜。

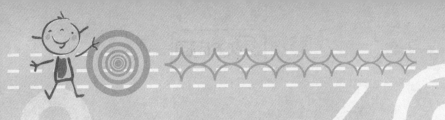

五、友情如花，常开不谢

高山流水觅知音

古时候，有位叫俞伯牙的士大夫，特别擅长弹琴。

有一次，俞伯牙带着琴童路过马鞍山，看到周围美景，兴致大发，在山前抚起琴来。

俞伯牙把巍巍群山的壮美和潺潺流水的清柔都融入琴声中，弹奏得十分悠扬细腻。忽然，伯牙感到琴音似乎更亮了。心想："这附近一定有人听懂了我的琴声。"

于是，俞伯牙让琴童到周围看一看，有什么人在听琴。琴童去了没多久，带来一位樵夫。伯牙心想："这样一位山野之人，怎么会是听懂琴音的人呢？"但出于礼貌，伯牙还是对来人问："你喜欢听琴吗？"来人点点头。

"懂得琴吗?"

来人把伯牙的琴声所表达的高山流水之情一一说给伯牙听。伯牙大为震惊,于是又问了几个有关琴的问题,想不到来人也一一作答,丝毫不差。伯牙双手握住来人的手,充满感慨地对他说:"我盼了这么多年,总想寻找到一位能知我琴音的人,现在终于找到了,知音就是你呀!"

自此以后,他们成了好朋友。这个人就是钟子期。

两人后来虽然分手,但彼此相互牵挂。俞伯牙每次有了新曲,都要找钟子期来听琴,每次钟子期都能对伯牙的琴曲作出最恰当的理解。

有一次,伯牙又新谱一曲,亲自前往钟子期的家乡,要与他共同欣赏此曲。想不到,钟子期已经不幸去世了。伯牙悲痛欲绝,在钟子期坟前,打碎琴来明志:既然没有了知音,终生再也不操琴了。

yue du ti shi

阅读提示

sú huà shuō　　zhī yīn nán qiú　　yào zhǎo dào yí gè zhēn zhèng de hǎo
俗话说："知音难求"，要找到一个真正的好

péng you zhēn de bù róng yì　　suǒ yǐ wǒ men yào zhēn chéng de duì dài shēn biān de
朋友真的不容易，所以我们要真诚地对待身边的

péng you　　hù xiāng guān xīn　　hù xiāng bāng zhù　　ràng yǒu yì zhī huā cháng kāi bú bài
朋友，互相关心，互相帮助，让友谊之花常开不败。

mào sǐ tàn yǒu
冒死探友

xún jù bó tīng shuō biān yuǎn xiàn chéng li de yí gè péng you dé le zhòng
荀巨伯听说边远县城里的一个朋友得了重

bìng　　jiù jí máng gǎn qù kàn wàng
病，就急忙赶去看望。

dào le dì fang què zhǐ jiàn chéng mén dà kāi　　jiē shang lěng lěng qīng qīng
到了地方却只见城门大开，街上冷冷清清，

jiàn bú dào xíng rén　　xīn li yǒu diǎn nà mèn er
见不到行人，心里有点纳闷儿。

xún jù bó zhǎo dào péng you de jiā　　jiàn péng you dú zì tǎng zài chuáng
荀巨伯找到朋友的家，见朋友独自躺在床

shang　　shēn biān méi yǒu rén zhào liào　　péng you jiàn jù bó zhàn zài tā de chuáng
上，身边没有人照料。朋友见巨伯站在他的床

qián　　zhēn shì jì gāo xìng yòu hài pà　　gāo xìng de shì dāng bié rén dōu táo
前，真是既高兴又害怕。高兴的是当别人都逃

zǒu de shí hou　　jù bó hái yuǎn dào gǎn lái kàn wàng zì jǐ　　hài pà de shì
走的时候，巨伯还远道赶来看望自己；害怕的是

xiōng nú bīng jiù yào dǎ jìn chéng lái　　jù bó suí shí huì yǒu shēngmìng wēi xiǎn
匈奴兵就要打进城来，巨伯随时会有生命危险。

tā zhēng zhá zhe zuò qǐ lái　　duì jù bó shuō　　xiōng nú bīng jiù yào dǎ jìn
他挣扎着坐起来，对巨伯说："匈奴兵就要打进

chéng lái le　nǐ kuài huí qù ba
城来了，你快回去吧！"

jù bó gǎn kuài fú zhù tā　shuō　　nǐ bìng de rú cǐ zhī zhòng　wǒ
巨伯赶快扶住他，说："你病得如此之重，我

zhè ge shí hou zěn néng bù guǎn nǐ ne　　jù bó què jiān chí bù néng fàng
这个时候怎能不管你呢？"巨伯却坚持不能放

qì péng you　liǎng rén zhèngzhēng zhí zhī jì　xiōng nú bīng tū rán chuǎng jìn wū lái
弃朋友。两人正争执之际，匈奴兵突然闯进屋来。

yí ge jiāng jūn mú yàng de rén kàn jù bó háo bú wèi jù　jiù wèn
一个将军模样的人看巨伯毫不畏惧，就问

dào　　wǒ men de dà jūn zhèng zài gōngchéng　quánchéng rén dōu táo guāng le　nǐ
道："我们的大军正在攻城，全城人都逃光了，你

shì shuí　jìng gǎn dāi zài zhè lǐ
是谁，竟敢待在这里？"

wǒ de péng you dé le zhòngbìng　wǒ bù néng diū xià tā bù guǎn
"我的朋友得了重病，我不能丢下他不管。

rú guǒ nǐ men yào shā　jiù bǎ wǒ shā le ba　xún jù bó háo bú wèi
如果你们要杀，就把我杀了吧。"荀巨伯毫不畏

惧地大声说。

将军见巨伯的朋友果然病得不轻。他想不到在这里竟然遇到了如此重情重义的人，十分感慨道："我们是无义之人，今天却闯入有情有义的国家！"说完，向荀巨伯深深鞠了一躬，带领士兵退出了屋子。

原来，这将军就是攻打县城的统帅。当天，匈奴兵就静悄悄地撤军回去了，荀巨伯的义举使匈奴人觉得这样的国家是不可战胜的。全城的百姓从此又过上了和平的生活。

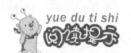

患难识朋友，患难见真情。故事中的这份友情经受了磨难的考验，更显珍贵。在生活中，每个人都离不开朋友，有朋友的相伴，是我们最大的快乐。

李白与汪伦

唐朝时，在现今安徽省南部青弋江上游桃花潭附近，住着一位好结交名士的隐士，名叫汪伦。他对大诗人李白仰慕已久，总想有机会见一面。当李白第三次到安徽时，汪伦得知李白来安徽漫游的消息后，高兴地投书相邀。他知道李白酷爱饮酒览胜，便在信中诡称："先生好游乎？此地千里桃花；先生好饮乎？此地有万家酒店。"于是，李白于天宝十四年秋欣然前来泾川（今安徽泾县），游览桃花潭。

李白来到桃花潭后，举目仰望，满目荒凉，他没有看到桃花，酒店也只看到一家。当他见到汪伦后，禁不住问道："怎么不见'千里桃花，

119

万家酒店'？"汪伦笑着回答说："你来时经过的山叫千里边山，这里的潭水名'桃花'潭，不就是'千里桃花'吗？桃花潭边有一家酒店，主人姓万，不就是'万家酒店'吗？"

李白这才恍然大悟，笑着连连点头。这时，汪伦便倾诉了对李白的仰慕之情，告诉李白很想找机会请他到自己家作客，又怕李白不肯光临，因此写了这样一封信，请李白原谅和宽恕。李白听了汪伦的一席话，顿时被汪伦的真情实意感动了。

汪伦留李白在桃花潭一连住了好几天，李白受到汪伦和村里人的热情款待。临走那天，汪伦送给李白良马八匹，并恋恋不舍地唱着山歌，村里人踏地为节拍，为李白送行。李白的船

jiàn jiàn yuǎn qù   tā huí guò tóu lái   kàn jiàn wāng lún réng zhàn zài àn biān
渐渐远去，他回过头来，看见汪伦仍站在岸边，

xiàng tā bú zhù huī shǒu   lǐ bái hěn gǎn dòng   shī xìng dà fā   yín le yì
向他不住挥手。李白很感动，诗兴大发，吟了一

shǒu jué jù   zèng wāng lún   shī yuē   lǐ bái chéng zhōu jiāng yù xíng   hū wén
首绝句《赠汪伦》，诗曰："李白乘舟将欲行，忽闻

àn shang tà gē shēng   táo huā tán shuǐ shēn qiān chǐ   bù jí wāng lún sòng wǒ qíng
岸上踏歌声。桃花潭水深千尺，不及汪伦送我情。"

yue du ti shi
阅读提示

lǐ bái yǔ wāng lún de zhè fèn yǒu qíng zhì jīn lìng shì rén jīn jīn lè dào
李白与汪伦的这份友情至今令世人津津乐道，

ér nà jù   táo huā tán shuǐ shēn qiān chǐ   bù jí wāng lún sòng wǒ qíng   yě
而那句"桃花潭水深千尺，不及汪伦送我情"也

chéng wéi le qiān gǔ jiā jù   kě jiàn   yōng yǒu yí fèn zhēn guì de yǒu yì
成为了千古佳句。可见，拥有一份珍贵的友谊，

shì yí jiàn duō me kuài lè de shì qing a
是一件多么快乐的事情啊！

gān zuò xī shēng de zuǒ bó táo
甘作牺牲的左伯桃

chūn qiū zhàn guó shí qī   tiān xià zhū hóu fēn zhēng sì qǐ   lǎo bǎi xìng
春秋战国时期，天下诸侯纷争四起，老百姓

shēng huó zài shuǐ shēn huǒ rè zhī zhōng
生活在水深火热之中。

yǒu liǎng gè zhì tóng dào hé de nián qīng rén   yí gè jiào yáng jiǎo āi
有两个志同道合的年轻人：一个叫羊角哀，

一个叫左伯桃。两人听说楚庄王比较贤明，便离开家乡，前去投奔他，以实现自己拯救苍生的理想。

一场意外的风雪使他们迷了路，陷入在一片渺无人烟的荒原上。

左伯桃体质原本就虚弱，因为坚持不住就病倒了。

羊角哀看到左伯桃实在迈不动脚步了，就搀扶着他来到一棵枯树边，让他靠着树坐下休息，用自己的身体为左伯桃挡风雪。

左伯桃吃力地张开嘴，艰难地喘着气对羊角哀说："此去百余里，绝没有人家，若一个人前往，还可以到达楚国，两个人都去，就是冻不死，也一定在半路上饿死了。我把身上的衣服脱下来给你穿上，快点儿离开荒原。"

羊角哀拼命地摇头，说："我们两个人虽然不是同一父母所生，但情同骨肉。我怎么能舍掉你而独自求生呢？"说着，羊角哀搀着左伯桃，

jì xù xiàng qián gǎn lù

继续向前赶路。

yòu zǒu le jǐ lǐ lù qián miàn chū xiàn le yì kē kōng xīn de kū

又走了几里路，前面出现了一棵空心的枯

shù zuǒ bó táo zài shù dòng li zuò le xià lái tā yí miàn chàn dǒu zhe

树。左伯桃在树洞里坐了下来，他一面颤抖着

shǒu qiāo shí qǔ huǒ yí miàn ràng yáng jiǎo āi zhǎo chái cǎo lái diǎn huǒ qǔ nuǎn

手敲石取火，一面让羊角哀找柴草来点火取暖。

děng yáng jiǎo āi bào zhe chái cǎo huí lái shí zhǐ jiàn zuǒ bó táo yǐ

等羊角哀抱着柴草回来时，只见左伯桃已

tuō xià le shēnshang de yī fu zài děng dài zhe tā zuǒ bó táo bǎ yī fu

脱下了身上的衣服在等待着他。左伯桃把衣服

pī zài yáng jiǎo āi de shēnshang ràng tā yí gè rén qù chǔ guó yáng jiǎo

披在羊角哀的身上，让他一个人去楚国。羊角

āi shī shēngtòng kū jiān jué bù cóng liǎng gè rén dōu xiǎng bǎ shēng de jī

哀失声痛哭，坚决不从。两个人都想把生的机

huì ràng gěi duì fāng bǎ sǐ wáng liú gěi zì jǐ zuì hòu hái shì zuǒ bó

会让给对方，把死亡留给自己。最后，还是左伯

táo shuō fú le yáng jiǎo āi

桃说服了羊角哀。

yáng jiǎo āi lì jìn qiān xīn wàn kǔ lái dào chǔ guó hòu fǔ zuǒ chǔ

羊角哀历尽千辛万苦来到楚国后，辅佐楚

zhuāngwáng hěn kuài jiù gàn chū le yì fān dà shì yè bìng dé dào le chǔ
庄王，很快就干出了一番大事业，并得到了楚

zhuāngwáng de zhòngyòng ér zuǒ bó táo què chángmián zài huāngyuán de kū shù dòng
庄王的重用，而左伯桃却长眠在荒原的枯树洞

zhōng zuǒ bó táo xī shēng le zì jǐ chéngquán le péng you
中。左伯桃牺牲了自己，成全了朋友。

yue du ti shi
阅读提示

zuǒ bó táo shì yí gè wèi le péng you gān yuàn zuò chū xī shēng de rén
左伯桃是一个为了朋友甘愿作出牺牲的人，

tā de suǒ zuò suǒ wéi ràng rén jìng pèi wǒ men suī rán zài yǔ péng you jiāo wǎng
他的所作所为让人敬佩。我们虽然在与朋友交往

shí bù yí dìng yào xiàn chū bǎo guì de shēngmìng dàn yí dìng yào fèng shàng zhēn
时不一定要献出宝贵的生命，但一定要奉上真

chéng de xīn bìng qiě dāng péng you yù dào kùn nan de shí hou yào shēn chū yuán
诚的心，并且当朋友遇到困难的时候，要伸出援

shǒu dǐng lì xiāng zhù
手，鼎力相助。

jǐn jǐn shì yì bǎ táng guǒ
仅仅是一把糖果

ài yīn sī tǎn shì jǔ shì wén míng de dé yì měi guó kē xué jiā
爱因斯坦是举世闻名的德裔美国科学家，

xiàn dài wù lǐ xué de kāi chuàng zhě hé diàn jī rén kě shì zhè ge dà kē
现代物理学的开创者和奠基人。可是这个大科

xué jiā què yǒu zhe yì kē róu ruǎn de xīn
学家却有着一颗柔软的心。

一天上午，爱因斯坦刚要走出办公室，助手过来告诉他："有人想请你周末去做一次演讲，报酬是1万美元。"

爱因斯坦没有丝毫犹豫，便一口回绝："我周末有安排，没时间。"

"难道您不能少给苏菲补一次课？"助手知道他每个周末都

去给读初中的小女孩苏菲辅导数学。

"不能，我还想着他的糖果呢。"爱因斯坦笑眯眯地说道。

"她的糖果就那么甜吗？"助手不明白他对那个偶然认识的、并不知道他名字的小女孩为何那样用心。

这一天，看到爱因斯坦从苏菲那里回来，助手忍不住好奇地问他为什么那样高兴。

爱因斯坦告诉助手："今天，苏菲的老师夸奖了她的进步，说她找到了一个优秀的家庭教师。小姑娘也特别高兴，奖励了我一把糖果，这让我感到特别的愉快。"

yue du ti shi
阅读提示

原来，在这位大科学家眼里，小女孩灿烂的笑容和一把普通的糖果，是最好的奖赏。那一把糖果，那一份一尘不染的纯真友情，多么令人陶醉，令人向往。

永远的白衣战士

科室里似乎仍回荡着她那爽朗的笑声，病人似乎仍感受到她那春风般的关切与抚慰。然而，在万物复苏的阳春三月，47岁的护士长叶欣

却永远地走了。她倒在了与非典型肺炎昼夜搏斗的战场上。

2003年春节前后，一种极具传染性的疾病——非典型肺炎在广州一些地区流行，叶欣所在的医院开始收治"非典"病人。

这是一场没有硝烟的战争！

随着医院"非典"患者的急剧增多，叶欣身先士卒，从2月8日便开始加班，忙的时候甚至拒绝接听家人的电话。

原有冠心病的"非典"患者梁先生，因发热咳嗽前来急诊，短期内病情急剧恶化，呼吸困难，烦躁不安。叶欣迅速赶来，娴熟地将病床摇高，让患者呈半坐卧位，同时给予面罩吸氧，静脉注射强心药、监测心率、血压、呼吸……两小时过去了，患者终于脱离了危险。叶欣顾不上休息，又拖着疲惫的身躯投入到对另一个患者的抢救中去。高风险、高强度、高效率，叶欣像一台永不疲倦的机器全速运转着，把一个又一个患者从死神

127

shǒuzhōng duó le huí lái
手中夺了回来。

wèi le bǎo chí huàn zhě hū xī dào tōng chàng   bì xū jiāng dǔ sè qí jiān
为了保持患者呼吸道通畅，必须将堵塞其间

de dà liàng nóng xuè tán pái chū lái   ér zhè yòu shì zuì jù chuán rǎn xìng de
的大量浓血痰排出来，而这又是最具传染性的。

yí gè   fēi diǎn zhòng zhèng huàn zhě de qiǎng jiù   wǎng wǎng bàn suí duō míng yī
一个"非典"重症患者的抢救，往往伴随多名医

hù rén yuán de dǎo xià   miàn duì wēi xiǎn hé sǐ wáng   tóng shì men zǒng néng tīng
护人员的倒下。面对危险和死亡，同事们总能听

dào yè xīn zhǎn dīng jié tiě de huà yǔ   zhè lǐ wēi xiǎn   ràng wǒ lái ba
到叶欣斩钉截铁的话语："这里危险，让我来吧！"

yè xīn mò mò de zuò chū yí gè zhēn qíng wú huǐ de xuǎn zé   jìn liàng
叶欣默默地作出一个真情无悔的选择——尽量

bāo lǎn duì wēi zhòng bìng rén de qiǎng jiù   hù lǐ gōng zuò   yǒu shí shèn zhì shēng
包揽对危重病人的抢救、护理工作，有时甚至声

sè jù lì de bǎ tóng shì guān zài mén wài   ràng nǐ háo wú shāng liàng de yú
色俱厉地把同事关在门外，让你毫无商量的余

dì   tā shēn zhī   yě xǔ yǒu yì tiān zì jǐ kě néng dǎo xià   dàn néng gòu
地。她深知，也许有一天自己可能倒下，但能够

不让自己的同事受感染，她心甘情愿！

3月4日清晨，叶欣仍像往常一样早早来到科室，巡视病房，了解危重病人病情，布置隔离病房……虽然上班前她就感到身体疲倦不适，但还是坚持在科室里忙碌着，密切关注着每一个患者的病情。劳累了一上午，连水都没喝一口，只觉得周身困乏疼痛，她不得不费力地爬到床上休息。中午刚过，叶欣开始出现发热症状，病魔终于没有放过她。经检查，叶欣染上了非典型肺炎。

叶欣的病情牵动了所有人的心。然而，多少人的努力和呼唤，都没能挽留住叶欣匆匆离去的脚步。3月25日凌晨，叶欣永远离开了她所热爱的岗位、战友和亲人。

3月29日下午，广州殡仪馆青松厅，医院全体员工在这里与她作最后的告别。花圈如海，泪水如雨。遗像上，叶欣留给人们的是永恒的微笑。

miàn duì fēi diǎn   yè xīn bǎ shēng de xī wàngràng gěi le zì jǐ de tóng
面对非典，叶辛把生的希望让给了自己的同
shì zhàn yǒu   bǎ sǐ de wēi xié liú gěi le zì jǐ   tā méi yǒu liú xià
事、战友，把死的威胁留给了自己。她没有留下
háo yán zhuàng yǔ   què xiàng ài hù péngyou shì de guān ài bìng rén   bǎo hù tóng
豪言壮语，却像爱护朋友似的关爱病人、保护同
shì tā suī rán yǒngyuǎn de lí kāi le   dàn tā de guāng huī xíngxiàng yě jiāng
事。她虽然永远地离开了，但她的光辉形象也将
yǒngyuǎnmíng jì yú rén men xīn zhōng
永远铭记于人们心中。

dá méng hé pí yà xī sī
达蒙和皮亚西斯

luó mǎ yǒu liǎng gè nián qīng rén   yí gè jiào dá méng   yí gè jiào pí
罗马有两个年轻人，一个叫达蒙，一个叫皮
yà xī sī tā men shì hǎo péng you
亚西斯，他们是好朋友。

yǒu yì tiān   fàn le zuì bèi guān jìn jiān yù de pí yà xī sī jiē
有一天，犯了罪被关进监狱的皮亚西斯接
dào le fù qīn bìng wēi de xiāo xi
到了父亲病危的消息。

pí yà xī sī liú zhe lèi shuǐ qǐng qiú guó wáng   shuō   qiú qiu nín
皮亚西斯流着泪水请求国王，说："求求您
ràng wǒ huí qù jiàn yí cì lǎo mài de fù qīn ba   děng wǒ xíng xíng de nà
让我回去见一次老迈的父亲吧，等我行刑的那

tiān wǒ yí dìng huì gǎn huí lái de
天我一定会赶回来的。"

dàn shì guó wáng bìng bù xiāng xìn tā de huà
但是国王并不相信他的话。

rú guǒ nǐ néng zhǎo dào yí gè rén zhì dài tì nǐ wǒ jiù yǔn xǔ
"如果你能找到一个人质代替你,我就允许

nǐ huí qù jiàn yí cì jiā rén
你回去见一次家人。"

tīng dào zhè ge xiāo xi de dá méng jiù qù jìn jiàn guó wáng
听到这个消息的达蒙就去觐见国王。

wǒ jué duì xiāng xìn zhè ge péng you wǒ dài tì tā jìn jiān yù
"我绝对相信这个朋友。我代替他进监狱。

rú guǒ tā dào yuē dìng de nà tiān wú fǎ huí lái nà wǒ jiù dài tì tā
如果他到约定的那天无法回来,那我就代替他

jiē shòu sǐ xíng
接受死刑。"

dá méng jiù dài tì pí yà xī sī bèi guān jìn le jiān yù
达蒙就代替皮亚西斯被关进了监狱。

dàn dào le yuē hǎo de rì qī pí yà xī sī yī jiù méi yǒu huí lái
但到了约好的日期皮亚西斯依旧没有回来。

guó wáng bǎ dá méng jiào le chū lái shuō pí yà xī sī fēn míng
国王把达蒙叫了出来,说:"皮亚西斯分明

shì hài pà ér táo pǎo le nà me àn zhào yuē dìng nǐ yào dài tì pí yà
是害怕而逃跑了。那么按照约定你要代替皮亚

xī sī jiē shòu sǐ xíng le nǐ bú yuàn hèn nǐ de péng you ma
西斯接受死刑了。你不怨恨你的朋友吗?"

bù wǒ hái shì xiāng xìn pí yà xī sī tā kěn dìng shì yǒu wú
"不,我还是相信皮亚西斯。他肯定是有无

fǎ lái de lǐ yóu de
法来的理由的。"

zhí zhì bèi tuō dào xíng chǎng dá méng duì pí yà xī sī yì diǎn er
直至被拖到刑场,达蒙对皮亚西斯一点儿

yě bú yuàn hèn
也不怨恨。

dāng dá méng jí jiāng yào bèi xíng xíng de chà nà cóng yuǎn chù yǒu yí
当达蒙即将要被行刑的刹那,从远处有一

gè rén dà shēng jiào hǎn zhe pǎo xiàng
个人大声叫喊着跑向

le xíng chǎng shì pí yà xī sī
了刑场。是皮亚西斯

huí lái le
回来了。

pí yà xī sī de yàng
皮亚西斯的样

zi shí zài tài bēi cǎn le yī
子实在太悲惨了，衣

shān lán lǚ xuè wū bān bān
衫褴褛，血污斑斑，

shāng kǒu yīn wèi méi yǒu jí shí
伤口因为没有及时

zhì liáo yǐ jīng kāi shǐ huà nóng le
治疗已经开始化脓了。

dá méng duì bu qǐ yīn wèi hóng
"达蒙，对不起。因为洪

shuǐ fān chuán le suǒ yǐ huí lái zhè me wǎn
水，翻船了，所以回来这么晚。"

guó wáng bèi liǎng gè rén de yǒu qíng shēn shēn gǎn dòng shè miǎn le pí
国王被两个人的友情深深感动，赦免了皮

yà xī sī de zuì xíng bǎ liǎng gè rén shì fàng le
亚西斯的罪行，把两个人释放了。

yue du ti shi
阅读提示

dà wén háo liè fū tuō ěr sī tài shuō cái fù bú shì yǒng jiǔ de
大文豪列夫·托尔斯泰说："财富不是永久的

péng you dàn péng you shì yǒng jiǔ de cái fù dá méng hé pí yà xī sī bǐ
朋友，但朋友是永久的财富。达蒙和皮亚西斯彼

cǐ xìn rèn zhì sǐ bù yú de yǒu qíng jiù zhèng míng le yǒu yì de kě guì tā
此信任至死不渝的友情就证明了友谊的可贵，它

shèn zhì kě yǐ chuàng zào qí jì
甚至可以创造奇迹。

掉到池塘里的朋友

这是被称之为普鲁士"铁血宰相"的奥特·冯·俾斯麦年轻时候的故事。

奥特和弗朗兹是好朋友，他们一起去树林里打猎。

为了寻找猎物，他们暂时分开了。不久，突然传来了弗朗兹的惨叫声。

"奥特……，救命呀！"

奥特飞快地跑过来，发现弗朗兹掉进池塘里，不住地挣扎。

"快把我拉上来。"

弗朗兹的身体已经陷到了腰部，他越挣扎身子越往下沉。

奥特想立刻跳进池塘，却突然犹豫了。因

为他想到，如果不小心，不仅是弗朗兹，连他自己也可能一起陷进去。他发现离弗朗兹不远就有一个巨大的原木。

"如果利用那个原木……对，弗朗兹必须自己挣脱出来，这样我们俩才能都活下来。"

奥特把猎枪对准了弗朗兹，冷冷地说："要帮你出来估计已经来不及了。与其陷进池塘里痛苦地死去，还不如死在我的枪下。"

奥特说完，立刻就开了枪，然后头也不回地走了。在离池塘不远的地方坐了下来，他听见

自己的心怦怦直跳。

不久，奥特的旁边响起了脚步声。回过头一看，是全身满是泥泞的弗朗兹拿枪对着他。

"奥特，你怎么可以那样？无法救我还在其次，居然要杀我。"弗朗兹的脸难看地扭曲着。

奥特却笑着说："你能活下来太好了！如果我要救你，估计我们已经一起死了。我相信你，相信你因为对我的恨，会把吃奶的劲也使出来，这样你利用旁边的原木就可以一个人挣脱出来，所以我就随便找个地方开了枪。"

等奥特说完，弗朗兹扔掉枪，紧紧拥抱了奥特。

yue du ti shi
阅读提示

面对朋友掉进池塘的危机，奥特没有弃之而去，而是依靠沉着与智慧，解救朋友于危难之中，也用友谊照亮了朋友的心。难怪有句话叫做：没有友谊，世界仿佛失去太阳。

友情的鞋子

埃里克与刚搬到隔壁的德克斯特成了朋友。德克斯特身体瘦小孱弱，经常咳嗽，喜欢一个人待着。

埃里克知道德克特因为输血失误得了艾滋病。埃里克是德克斯特唯一的朋友。埃里克竭尽全力想治好德克斯特的病。他从书上看到有种野草能治艾滋病，就给德克斯特找来熬着喝，听说新奥尔良一个博士开发一种新艾滋病药物，他们一起坐着木筏找他。但是，德克斯特的身体已经变得越来越虚弱。

有一天，埃里克把一只鞋子脱下来给了德克斯特，说："不要担心，安心睡觉吧。想到可怕的事情时就抱着这只鞋子，想想在无数的星星中，

有我和埃里克的鞋子在一起。"

埃里克和德克斯特都知道死神已经越来越近了。

但是,埃里克和德克斯特在一起的时候把什么都变成了游戏,连死亡本身都变成了游戏。德克斯特假装突然没有呼吸,埃里克急忙去叫护士,德克斯特却跳起来吓唬护士,然后两个人一起开心地大笑。

但是有一天,应该跳起来的德克斯特没能再跳起来。这成了埃里克和德克斯特最后的游戏。

zài dé kè sī tè de zàng lǐ shàng　āi lǐ kè yǔ dé kè sī tè dào
在德克斯特的葬礼上，埃里克与德克斯特道

bié　tuō xià tǎng zài guān mù zhōng de　dé kè sī tè de yì zhī xié zi　bǎ
别，脱下躺在棺木中的德克斯特的一只鞋子，把

zì jǐ de yì zhī xié zi gē dào dé kè sī tè de shǒuzhōng　bú ràng péng you
自己的一只鞋子搁到德克斯特的手中，不让朋友

de líng hún gū dú lí qù
的灵魂孤独离去。

rán hòu　āi lǐ kè lái dào hé biān　bǎ dé kè sī tè de xié zi
然后，埃里克来到河边，把德克斯特的鞋子

qīng qīng de fàng dào tā men yì qǐ chéngzuò de mù fá shang　dé kè sī tè
轻轻地放到他们一起乘坐的木筏上。德克斯特

de xié zi zài zhe āi lǐ kè yǔ dé kè sī tè chún jìng de yǒu qíng　shùn zhe
的鞋子载着埃里克与德克斯特纯净的友情，顺着

hé shuǐ zì yóu ān xiáng de　liú xiàng le yuǎn fāng
河水自由安详地流向了远方。

dé kè sī tè shì bú xìng de　tā bú xìng rǎn shàng le ài zī bìng
德克斯特是不幸的，他不幸染上了艾滋病，

rán ér tā yòu shì xìng yùn de　tā de hǎopéngyou āi lǐ kè duì tā bù lí
然而他又是幸运的，他的好朋友埃里克对他不离

bù qì　shǐ zhōng péi bàn zài tā zuǒ yòu　zhè fèn yǒu yì nán néng kě guì
不弃，始终陪伴在他左右。这份友谊难能可贵

tā yú huàn nàn zhōngxiǎn xiàn yí fèn zhēnqíng　lìng rén gǎndòng
它于患难中显现一份真情，令人感动。

六、师生之间，温馨无限

孔子的误会

孔子带领他的学生们周游列国，在去陈国和蔡国的路上被困，一连好几天没吃上一顿饭。

孔子实在受不住，只好大白天躺下睡大觉，想以此来忘却饥饿。孔子的大弟子颜回见老师饿得很，心中十分忧伤，心想：老师上了年纪，怎能经得住这般折磨啊！再不想出办法，怕是要出危险了。

颜回也没有想出什么好办法，只好去向人乞讨。这一次真是天不绝人，居然碰上一个好心肠的老婆婆，给了他一些白米。颜回高高兴兴地把米拿回来，急忙把米倒在锅里，砍柴生火，不一会儿，饭就熟了。孔子这时刚好醒来。突然闻到一股扑鼻的饭香，好生奇怪，便起来探看。刚一跨

chū fáng mén。 jiù kàn jiàn yán huí zhèng cóng guō li zhuā le yì bǎ mǐ fàn wǎng
出房门。就看见颜回正从锅里抓了一把米饭往

zuǐ li sòng kǒng zǐ yòu gāo xìng yòu shēng qì gāo xìng de shì yǒu fàn chī le
嘴里送。孔子又高兴又生气：高兴的是有饭吃了。

shēng qì de shì yán huí jìng rán rú cǐ wú lǐ lǎo shī shàng qiě wèi chī tā
生气的是，颜回竟然如此无礼，老师尚且未吃，他

què zì jǐ xiān chī le qǐ lái
却自己先吃了起来。

guò le yí huì er yán huí gōng gōng jìng jìng de duān lái yí dà wǎn xiāng
过了一会儿，颜回恭恭敬敬地端来一大碗香

pēn pēn rè téng téng de bái mǐ fàn sòng dào kǒng zǐ miàn qián shuō jīn rì
喷喷，热腾腾的白米饭，送到孔子面前，说："今日

xìng hǎo yù dào hǎo xīn rén zèng
幸好遇到好心人赠

mǐ xiàn zài fàn zuò hǎo le
米，现在饭做好了，

xiān qǐng lǎo shī jìn shí bú
先请老师进食。"不

liào kǒng zǐ yí xià zi zhàn qǐ
料孔子一下子站起

shēn lái shuō gāng cái wǒ zài
身来，说："刚才我在

shuì mèng zhōng jiàn dào qù shì de
睡梦中见到去世的

fù qīn ràng wǒ xiān yòng zhè wǎn
父亲，让我先用这碗

bái mǐ fàn jì diàn tā lǎo rén
白米饭祭奠他老人

jiā yán huí yì bǎ jiāng nà wǎn mǐ fàn duó
家。"颜回一把将那碗米饭夺

le huí qù lián máng shuō bù xíng bù xíng zhè mǐ fàn bù gān jìng
了回去，连忙说："不行！不行！这米饭不干净，

bù néng yòng tā lái jì diàn kǒng fū zǐ gù zuò bù jiě de wèn dào wèi
不能用它来祭奠！"孔夫子故作不解地问道："为

hé shuō tā bù gān jìng ne yán huí dá dào gāng cái wǒ zhǔ fàn shí
何说它不干净呢？"颜回答道："刚才我煮饭时，

不小心把一块炭灰掉到上面，我感到很为难，倒掉吧，太可惜了，但又不能把弄脏的饭给老师吃呀！后来，我把上面沾有炭灰的饭抓来吃了。这掉过炭灰的米饭怎能用来祭奠呢？"孔子听了颜回的话，才恍然大悟，消除了对颜回的误解，深感这个弟子是个贤德之人。

阅读提示

　　颜回用他的实际行动表达了他对老师的尊敬，他的一片心意令人感动。尊敬老师是中华民族的传统美德，让我们不忘师恩，学会真诚地关爱我们的老师。

爱的味道

　　读小学二年级的莉莉是个特别爱漂亮的小

姑娘，她总是嫌自己的同桌张小西是个邋遢鬼，于是班主任周老师给她讲了这样一个故事：

这个故事发生在一所孤儿院里。

这家孤儿院里有五十几个孤儿，其中一个孤儿有尿床的毛病。每天晚上睡觉的时候，总是把身子缩进被窝，第二天起床时，又总是把被褥铺盖得严严实实，他怕尿床的臭味散发出来。可是这一天缩进被窝的时候，闻到一种特别好闻的味道，他不知道这种味道是从哪里来的。这一晚，他睡得特别香甜。第二天起床的钟声刚刚敲响，老师就把大家叫醒："孩子们赶快起床，今天的阳光特别灿烂，让我们一起把被褥晒到校园里去。"于是，那个尿床的小孩和大家"混"在一起，把尿过床的被褥晒在了校园里。这时，他抬头望着天上的太阳，又看看老师，知道了昨天晚上那好闻的味道是从哪里来的。他找到老师说："老师，我知道了……"老师打断了他的话："孩子，你别说了，你并不知道，你闻到的味道是

143

dì èr kē tài yáng de wèi dào, yīn wèi wǒ men
第二颗太阳的味道,因为我们

měi yí gè rén xīn zhōng dōu yǒu dì èr kē tài
每一个人心中都有第二颗太

yáng hǎo duō nián yǐ hòu zhè
阳。"好多年以后,这

zuò chéng shì de jiāo wài jiàn qǐ le
座城市的郊外建起了

yì jiā sī rén zhěn suǒ zhěn suǒ
一家私人诊所,诊所

de míng zi jiù jiào dì èr kē
的名字,就叫"第二颗

tài yáng de wèi dào
太阳的味道"。

tīng wán zhōu lǎo shī de gù
听完周老师的故

shi lì li zài yě bù kǔ nǎo
事,莉莉再也不苦恼

le zhōu lǎo shī mō mo tā de xiǎo nǎo guā xiào mī mī de shuō wǒ
了,周老师摸摸她的小脑瓜,笑眯眯地说:"我

cāi nǐ yí dìng wén dào le dì èr kē tài yáng de wèi dào
猜,你一定闻到了第二颗太阳的味道!"

yue du ti shi
阅读提示

dì èr kē tài yáng de wèi dào shì chōng mǎn zhe wēn nuǎn qì xī de
"第二颗太阳的味道",是充满着温暖气息的

ài de wèi dào zhè zhǒng wèi dào bāo hán zhe lǎo shī duì xué sheng de ài ràng
爱的味道。这种味道包含着老师对学生的爱,让

hái zi chè dǐ pāo qì le zì bēi hài pà de zhòng ké huàn fā chū bié yàng
孩子彻底抛弃了自卑、害怕的重壳,焕发出别样

de shēng mìng guāng cǎi
的生命光彩。

生命的守护神

谭千秋老师是四川省德阳市东汽中学的教导主任。2008年5月12日下午两点钟，是谭老师给学生们上的最后一节政治课，也许它将成为他的学生们一生中最重要的一节课。

在这"黑色"日子的下午两点多钟，谭老师正在教室里上课，他讲得正起劲。生动而有趣的课让同学们听得都入迷了，他们共同沉浸在知识的海洋里，感受到了无比的乐趣。然而就在此时，房子突然剧烈地抖动了起来，门窗"咣咣咣"地发出了巨响，同学们桌面上的文具被狠狠地甩了出去。根本没意识到危险的同学们，面对突如其来的剧烈抖动，一下子全傻了。地震！

谭老师意识到情况不妙，立即撕裂着嗓子喊道："大家快跑，什么也不要拿！快……"谭老师的吼声，一下子将同学们从惊呆中拉回，他们在谭老师的组织下迅速冲出教室，往操场上跑。

房子摇晃得越来越厉害了，并伴随着刺耳的吱吱声，外面阵阵尘埃腾空而起……还有四位同学已没办法冲出去了，他们吓得面色刷白，惊恐地看着谭老师。谭老师什么也没有说，他神情严肃地立即将那四个同学拉到课桌底下，自己却弓着背，双手撑在课桌上，用自己的身体盖着四个学生，那一刻，他的眼神是如此的坚定！轰轰轰——砖块、水泥板重重地砸在他的身上，房子塌陷了……

5月13日夜里10时12分，谭老师终于被找到了，他身下死死护着的四个学生都还活着！可他，学生生命的守护神，却永远地离开了……他双臂张开着趴在课桌上，后脑被楼板砸得深凹下去，血肉模糊。"地震时，眼看教室要倒，谭老

shī fēi shēn pū dào le wǒ men de shēnshang　　huí yì dāng shí de qíng
师飞身扑到了我们的身上……"回忆当时的情

jǐng　huò jiù de xué shēngshén qíng jī dòng de shuō　dì yī gè fā xiàn tán
景，获救的学生神情激动地说。第一个发现谭

lǎo shī de jiù yuán rén yuán yě yǎn hán rè lèi　tā shuō　tán lǎo shī shì sǐ
老师的救援人员也眼含热泪，他说，谭老师誓死

hù wèi xué shēng de xíng xiàng　shì tā zhè yì shēngyǒng yuǎn wàng bú diào de
护卫学生的形象，是他这一生永远忘不掉的。

yue du ti shi
阅读提示

sì chuānwènchuān dà dì zhèn　ràng wǒ mentóng hèn zāi nàn wú qíng de tóng
四川汶川大地震，让我们痛恨灾难无情的同

shí　yě ràng wǒ menzhèn hàn yú rén jiān zì yǒu zhēnqíng de nà fèn měi hǎo
时，也让我们震撼于人间自有真情的那份美好。

tán qiān qiū lǎo shī yòng zì jǐ de xuè ròu zhī qū wèi hái zi menchēng qǐ le yì
谭千秋老师用自己的血肉之躯为孩子们撑起了一

fāng měi lì de qíngkōng　tā shì dāng zhī wú kuì de shēngmìngshǒu hù shén
方美丽的晴空，他是当之无愧的生命守护神。

yīng gāi shì lǎo shī zǒu zài qián miàn
应该是老师走在前面

huà luó gēng bù jǐn shì wǒ guó zhù míng de shù xué jiā　yě shì shì
华罗庚不仅是我国著名的数学家，也是世

jiè zhù míng de shù xué jiā　měi guó zhù míng shù xué jiā bèi tè màn céng jīng
界著名的数学家。美国著名数学家贝特曼曾经

zhè yàng píng jià huà luó gēng　huà luó gēng shì zhōngguó de ài yīn sī tǎn
这样评价华罗庚："华罗庚是中国的爱因斯坦，

足够成为全世界所有著名科学院院士。"他被列为芝加哥科学技术博物馆中当今世界88位数学伟人之一。就是这样一位大数学家，却非常尊敬自己的老师。

华罗庚1931年去清华大学工作后，每年寒暑假都会回乡，总要登门看望他的老师韩大受、王维克、李跃波等人以及他的同学、朋友。

特别令人难忘的是1946年夏天，华罗庚刚从苏联访问回国，又即将赴美访问。这一去尚不知何日归来，他特地回乡一行。这时，他的恩师韩大受与李月波也在金坛，他立即登门请安。当时金坛各界特别举行了欢迎韩大受与华罗庚大会。会前有人专程前来邀请华罗庚参加大会并讲话，华罗庚第一句话就说："韩大受先生、李月波先生都在金坛，理当请他们两位讲话，否则哪有我说话的余地！"进入会场时，华罗庚坚持要两位老师走在前面，还用了一句数学语言："百分之百应该是老师走在前面。"华罗庚搀扶着他的老师们进入会场，并安排他们坐在中间，自己坐在侧位。那天连窗台上都挤满了人，大家都要看看家乡出的这位数学天才。当有人称赞他是一个数学天才时，他连忙站起来摆摆手说："我不是什么天才，我是慢慢学出来的，在座的老师都知道。"

华罗庚对他的母校与家乡怀有深深的感情。他常说："我的最高学历就是金坛初中毕业。"这句话包含着多少对母校与老师的怀念与感谢呀！

华罗庚非常感谢他的老师王维克。1961年，在南京的一次数学工作者座谈会上，华罗庚亲热地指着王维克的女儿王振亚说："她父亲王维克先生还是我数学成绩的第一个赏识者哩！我这位中学老师，他不仅数学好，而且在物理学、天文学方面造诣也很深，并且是一个有成就的翻译家，他还是法国巴黎大学居里夫人的第一个中国学生哩！"

zhèng shì zhè zhǒng zūn jìng lǎo shī de yōu liáng pǐn zhì hé duì shù xué jiān chí
正是这种尊敬老师的优良品质和对数学坚持
bú xiè de zhuī qiú yǔ mí liàn cái shǐ huà luó gēng yǒu le jié chū de chéng jiù
不懈的追求与迷恋，才使华罗庚有了杰出的成就，
chéng wéi wén míng shì jiè de shù xué dà shī wèi wěi dà de zhōng huá mín zú zēng
成为闻名世界的数学大师，为伟大的中华民族增
guāng tiān cǎi
光添彩。

shī ēn nán wàng
师 恩 难 忘

mǎ lì yà jū lǐ shì fǎ jí bō lán wù lǐ xué jiā hé huà
玛丽亚·居里，是法籍波兰物理学家和化
xué jiā fǎ guó kē xué yuàn dì yī wèi nǚ yuàn shì nián jū lǐ
学家，法国科学院第一位女院士。1903年，居里
fū rén fā xiàn le yì zhǒng xīn de wù zhì léi zhè yì fā xiàn zhèn
夫人发现了一种新的物质——镭。这一发现，震
jīng le quán shì jiè
惊了全世界。

jū lǐ fū rén chéng le shì jiè shang dì yī gè huò dé nuò bèi ěr jiǎng
居里夫人成了世界上第一个获得诺贝尔奖
jīn de kē xué jiā cóng cǐ tā xiǎng yǒu shèng yù bó dé le rén men de
金的科学家。从此，她享有盛誉，博得了人们的
jìng yǎng kě tā duì tā guò qù de lǎo shī réng rán shí fēn zūn jìng jū
敬仰。可她对她过去的老师仍然十分尊敬。居

里夫人的法语老师最大的愿望是重游她的出生

地——法国北部的第厄普。可是，她付不起由波

兰到法国的一大笔旅费，回乡的希望总是那么

渺茫。居里夫人当时正好住在法国，她非常理

解老师的心情，不但代付了

老师的全部旅费，还邀请老

师到家里做客。居里夫人的热

情接待使老师感到像回

到了自己家里一样。

1912 年，华沙"镭"实

验室建成了。居里夫人，

"镭的母亲"接到消息后，

立刻打点行装，从巴黎飞往华沙。晚上，为居里

夫人举行的欢迎宴会开始了。居里夫人成了贵

宾，她被请到插满鲜花的桌前坐下。她隔着鲜

花，在努力寻找。突然，居里夫人的目光碰上对

面一位白发苍苍的老妇人的目光，老妇人正敬

佩地望着她。居里夫人激动地站起身来，向老

人走去。她伸出双手，紧紧地拥抱这位老妇人，在老妇人的双颊上吻了又吻，一面说道："我以为这是不可能的，可却是真的，是真的！我一直想念着您，斯克罗斯校长！"

斯克罗斯女士热泪盈眶，她紧紧握住居里夫人的手，不住地说："好样的，玛丽亚！好样的，玛丽亚！"在场的人都被她们深深地感动了，人们的眼中也都噙满了泪花。

侍者送来了酒，居里夫人拿起一杯，敬给斯克罗斯，她转身对众人说："尊敬的主人，尊敬的来宾们，我提议，为用真诚、勇敢和智慧教育过我的斯克罗斯校长干杯！"

"干杯！""干杯！"

迎接和款待居里夫人的晚宴，在玛丽亚·居里爱戴老师、尊敬老师高尚的情怀感染下，达到了高潮。

居里夫人就是这样，当她成为一个伟大的科学家之后，仍旧没有忘记曾经传授给她知识的老师。

yue du ti shi

> chūn cán dào sǐ sī fāng jìn　　là jù chéng huī lèi shǐ gān　　zhè jù
> "春蚕到死丝方尽，蜡炬成灰泪始干"，这句
> shī gē sòng le lǎo shī wú sī fèng xiàn de jīng shen　　yīn wèi gǎn ēn yú lǎo shī
> 诗歌颂了老师无私奉献的精神。因为感恩于老师
> de zhūn zhūn jiào huì　　jū lǐ fū rén jí shǐ huò dé le jù dà de chénggōng
> 的谆谆教诲，居里夫人即使获得了巨大的成功，
> tā yě méi yǒu wàng jì zì jǐ de lǎo shī　　shī ēn nán wàng　　duō me měi hǎo
> 她也没有忘记自己的老师。师恩难忘，多么美好、
> duō me rè liè de yí fèn qíng gǎn
> 多么热烈的一份情感。

chéng mén lì xuě
程 门 立 雪

　　sòng dài　　　ér chéng　　　　chéng yí　chéng hào xiōng dì　èr rén yǐ cái
宋代"二程"——程颐、程颢兄弟二人以才
xué shēn dé shì rén chēng yù　tiān xià hào xué zhī shì dōu lái qiú jiào　yì shí
学深得世人称誉，天下好学之士都来求教，一时
xué zhě yún jí　mén tíng ruò shì　zhòng duō xué shēng zhōng　yǐ yáng shí děng sì
学者云集，门庭若市。众多学生中，以杨时等四
rén zuì wéi yǒu míng
人最为有名。

　　yáng shí dāng shí yǐ shì jìn shì　dàn wèi le qiú xué　tā zhǔ dòng fàng
杨时当时已是进士，但为了求学，他主动放
qì le zuò guān de jī huì　bài chéng hào wéi shī　tā xué xí yòng gōng　yòu
弃了做官的机会，拜程颢为师。他学习用功，又

153

很有见地，程颢非常喜欢这个学生。

四年后，程颢病故。杨时听到老师不幸去世的噩耗，伤心得顿足哀号。杨时在屋子里摆设了恩师的灵位，每日祭拜。

程颢死后，杨时又到洛阳拜程颐为师。

一天，他和学友游酢去拜访老师。不巧，程颐正在休息。他们不愿打扰老师，便悄悄地站在门外等候。

不久，天阴了下来，大雪纷纷扬扬而下。杨时和游酢直打寒战，却不敢跺一下脚驱寒。

guò le xǔ jiǔ chéng yí cái cóng shuì mèng zhōng xǐng lái tā tuī kāi mén
过了许久，程颐才从睡梦中醒来，他推开门，

jiàn mén wài dà xuě fēn fēi dì shang jī xuě jìng yǒu yì chǐ shēn ér cǐ
见门外大雪纷飞，地上积雪竟有一尺深。而此

shí mén wài hū rán yǒu shēng yīn xiǎng qǐ lǎo shī nǐ xǐng le wǒ men
时，门外忽然有声音响起："老师，你醒了？我们

kě yǐ jìn lái ma chéng yí zhè cái fā xiàn yáng shí yóu zuò xiàng liǎng gè
可以进来吗？"程颐这才发现杨时、游酢像两个

xuě rén yí yàng zhàn zài mén kǒu
雪人一样站在门口……

chéng yí duì cǐ fēi cháng gǎn dòng cóng cǐ gèng jiā qīng zì jǐ suǒ xué
程颐对此非常感动，从此更加倾自己所学

lái bāng zhù yáng shí de xué yè
来帮助杨时的学业。

yue du ti shi
阅读提示

zài nà ge dà xuě fēn fēi de dōng rì zūn jìng shī zhǎng de yáng shí zhù
在那个大雪纷飞的冬日，尊敬师长的杨时伫

lì lǎo shī mén qián de shēn yǐng ràng wǒ men wèi zhī gǎn dòng lǎo shī jiāo gěi wǒ
立老师门前的身影让我们为之感动。老师教给我

men xué wen hé zuò rén de dào lǐ yǐn lǐng wǒ men zài rén shēng lù shang mài chū
们学问和做人的道理，引领我们在人生路上迈出

yí bù yòu yí bù wǒ men yě yīng gāi xiàng yáng shí yí yàng zūn jìng lǎo shī
一步又一步。我们也应该像杨时一样尊敬老师。

四块糖果

zhè shì zhù míng de jiào yù jiā táo xíng zhī xiān sheng de yí gè gù shi
这是著名的教育家陶行知先生的一个故事。

yǒu yì tiān táo xíng zhī xiào zhǎng zài xiào yuán kàn dào nán shēng wáng yǒu
有一天，陶行知校长在校园看到男生王友

yòng ní kuài zá zì jǐ bān shang de nán shēng dāng jí zhì zhǐ le tā bìng lìng
用泥块砸自己班上的男生，当即制止了他，并令

tā fàng xué shí dào xiào zhǎng shì lǐ qù
他放学时到校长室里去。

fàng xué hòu táo xiào zhǎng lái dào xiào zhǎng shì wáng yǒu yǐ jīng děng zài
放学后，陶校长来到校长室，王友已经等在

mén kǒu zhǔn bèi ái xùn le kě yí jiàn miàn táo xíng zhī què tāo chū yí
门口准备挨训了。可一见面，陶行知却掏出一

kuài táng guǒ sòng gěi tā bìng shuō zhè shì jiǎng gěi nǐ de yīn wèi nǐ àn
块糖果送给他，并说："这是奖给你的，因为你按

shí lái dào zhè lǐ ér wǒ què chí dào le wáng yǒu jīng yí de jiē guò
时来到这里，而我却迟到了。"王友惊疑地接过

táng guǒ suí zhī táo xíng zhī yòu tāo chū yí kuài táng guǒ fàng dào tā shǒu
糖果。随之，陶行知又掏出一块糖果放到他手

lǐ shuō zhè kuài táng yě shì jiǎng gěi nǐ de yīn wèi dāng wǒ bú ràng nǐ
里，说："这块糖也是奖给你的，因为当我不让你

zài dǎ rén shí nǐ lì jí jiù zhù shǒu le zhè shuō míng nǐ hěn zūn zhòng wǒ
再打人时，你立即就住手了，这说明你很尊重我，

wǒ yīng gāi jiǎng nǐ wáng yǒu gèng jīng yí le tā yǎn jing zhēng de dà dà de
我应该奖你。"王友更惊疑了，他眼睛睁得大大的。

táo xíng zhī yòu tāo chū dì sān kuài táng guǒ sāi dào wáng yǒu shǒu lǐ
陶行知又掏出第三块糖果塞到王友手里，

说："我调查过了，你用泥块砸那些男生，是因为他们不守游戏规则，欺负女生。你砸他们，说明你很正直善良，有跟坏人作斗争的勇气，应该奖励你啊！"王友感动极了，他流着眼泪后悔地说道："陶……陶校长，你……你打我两下吧！我错了，我砸的不是坏人，而是自己的同学呀！"

陶行知满意地笑了，他随即掏出第四块糖果递过去，说："为你正确地认识错误，我再奖给你一块糖果，可惜我只有这一块糖了，我的糖完了，我看我们的谈话也该完了吧！"说完，就走出了校长室。留下原本等待批评的王友同学……

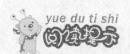

yue du ti shi

陶校长用用赏识与真诚，使犯错的学生真正地从心底认识到自己的问题。这种爱的教育深入人心，是多么高明而美好！

用生命铸就师魂

2005年3月31日中午，金坛市城南小学低年级学生排队出校门前往金沙影剧院观看革命传统教育影片，带队教师二(1)班班主任殷雪梅在确认东西两面没有车辆经过的情况下，领着学生沿斑马线过南环二路。此时，突然由西向东疾驰过来一辆白色桑塔纳轿车，同时带护学生的杨老师连忙示意停车，并大喊："有车，快闪开！"伸手将身边的学生推回到校门口，可小车以100码的速度飞驰而过，已挨近路南边的殷雪梅老师听到喊声后迅速反应过来，回身张开双臂，将正行走在路中央的六七名学生一起扑推到路边，学生们的生命保住了，殷雪梅老师却被小车带抛出25米，飞落在一片血泊中，献出了宝

guì de shēngmìng
贵的生命。

zhuī dào huì nà tiān   bú dào   wàn rén kǒu de jīn tán chéng qū   yǒu
追悼会那天，不到20万人口的金坛城区，有

wàn rén qián lái wèi tā sòng xíng   xiāng shí de   bù xiāng shí de   dōu wèi
10万人前来为她送行。相识的，不相识的，都为

tā gǎn tiān dòng dì de ài xīn ér rè lèi gǔn gǔn
她感天动地的爱心而热泪滚滚……

yīn xuě méi ài xué sheng   zhè zài chéng
殷雪梅爱学生，这在城

nán xiǎo xué shì chū le míng de   tā yì
南小学是出了名的。她一

zhí xiàng mā ma yí yàng ài zhe zì jǐ de
直像妈妈一样爱着自己的

měi yí gè xué sheng   měi tiān
每一个学生。每天

qí zì xíng chē shàng bān de tú
骑自行车上班的途

zhōng   yù dào zì jǐ bān shang
中，遇到自己班上

de xué sheng   tā zǒng yào bào qǐ
的学生，她总要抱起

yí gè fàng zài hòu zuò shang tuī
一个放在后座上推

zhe zǒu   yǒu gè jiào liú hào
着走。有个叫刘浩

de xué sheng   jiā li gài fáng zi   méi rén gěi tā sòng wǔ fàn   yīn xuě méi
的学生，家里盖房子，没人给他送午饭，殷雪梅

jiù bǎ tā jiē dào zì jǐ jiā li   chī le yí gè duō yuè   bù shōu yì fēn
就把他接到自己家里，吃了一个多月，不收一分

qián   tóng shì shuō   nà duàn rì zi   yīn lǎo shī shàng bān shí jīng cháng tán qǐ
钱。同事说，那段日子，殷老师上班时经常谈起

xiǎo liú hào   shuō nà hái zi de wèi kǒu zhēn hǎo   chī de hěn xiāng   nà shén
小刘浩，说那孩子的胃口真好，吃得很香，那神

tài   wán quán xiàng yí wèi cí mǔ zài shuō zì jǐ de hái zi
态，完全像一位慈母在说自己的孩子。

学生吴振兴非常调皮，喜欢多动，殷雪梅老师每天都要为他洗几次脸，家长总觉得过意不去，多次委托也在学校做教师的亲戚约殷雪梅老师赴宴，以表谢意，可殷雪梅老师总是说："看到孩子有了进步，我比什么都高兴，还吃什么饭呢？"做饮料生意的家长托亲戚给殷雪梅老师家里送了些饮料，殷雪梅老师见推脱不了收下后，第二天便专门去买了超值图书送给吴振兴。

殷雪梅是位普通的小学教师。她用爱心教书育人，以真情关爱学生，更在危急关头用生命铸就了一座不朽的丰碑。

殷雪梅老师最感人的，不仅仅在于她在那个危急时刻用生命捍卫了学生的安全，更在于她三十年如一日对学生无私的关爱。她对学生的爱，如父似母，她用师魂铸就了一座丰碑，永远屹立在人们心中。

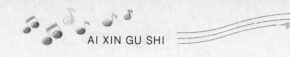
wǒ xī wàng nǐ shì wǒ nǚ ér
"我希望你是我女儿！"

yǒu yí gè nǚ hái yì shēng xià lái jiù shì liè chún suí zhe nián líng
有一个女孩，一生下来就是裂唇，随着年龄

de zēngzhǎng tā yuè lái yuè fā jué zì jǐ yǔ zhòng bù tóng yí kuà jìn
的增长，她越来越发觉自己与众不同。一跨进

xiào mén tóng xué men jiù yòng yì yàng de jī cháo de yǎn guāng kàn tā tā
校门，同学们就用异样的讥嘲的眼光看她。她

rèn dìng zì jǐ de mú yàng lìng rén yàn wù yí fù jī xíng nán kàn de zuǐ
认定自己的模样令人厌恶：一副畸形难看的嘴

chún wān qū de bí zi qīng xié de yá chǐ shuō qǐ huà lái hái jiē ba
唇，弯曲的鼻子，倾斜的牙齿，说起话来还结巴。

tóng xué men hào qí de wèn tā nǐ zuǐ ba zěn me huì biànchéng zhè
同学们好奇地问她："你嘴巴怎么会变成这

yàng tā sā huǎngshuō xiǎo shí hou shuāi le yì jiāo gěi dì shang de suì bō
样？"她撒谎说小时候摔了一跤，给地上的碎玻

lí gē pò le zuǐ ba tā jué de zhè yàng shuō bǐ gào su tā men zì
璃割破了嘴巴。她觉得这样说，比告诉他们自

jǐ shēng lái jiù shì tù chún yào hǎo shòu diǎn tā yuè lái yuè kěn dìng chú
己生来就是兔唇要好受点。她越来越肯定：除

le jiā li rén yǐ wài bú huì zài yǒu rén xǐ huan tā ài tā
了家里人以外，不会再有人喜欢她、爱她。

shàng èr nián jí shí xué xiào xīn lái le yí wèi xìng jīn de lǎo shī
上二年级时，学校新来了一位姓金的老师，

gāng hǎo jiāo nǚ hái suǒ zài de nà ge bān jí jīn lǎo shī wēi pàng yǒu
刚好教女孩所在的那个班级。金老师微胖，有

yì shuāngqīng chè hēi liàng de yǎn jing hěn ài xiào yí xiào qǐ lái lù chū
一双清澈黑亮的眼睛，很爱笑，一笑起来，露出

161

两个酒窝，温馨可爱。每个孩子都敬慕她，喜欢和她亲近。

这个学校规定，低年级同学每年都要举行"耳语测验"。孩子们依次走到教室的门边，用右手捂着右边耳朵，然后老师在她的讲台上轻轻说一句话，再由那个孩子把话复述出来。

女孩的左耳先天失聪，几乎听不见任何声音，她不愿把这事说出来，因为害怕同学们会更加嘲笑自己。

不过女孩有办法对付这种"耳语测验"。早在幼儿园做游戏时，她就发现没人看你是否真正捂住了耳朵，他们只注意你重复的话对不对。所以每次她都假装用手盖紧耳朵。

这次，和往常一样，女孩又是最后一个。每个孩子都兴高采烈，因为他们的"耳语测验"做得很好。女孩心想，老师会说什么呢？以前，老师们一般总是说"天空是蓝色的"或者"春天真美丽"等等。

终于轮到女孩了，她把左耳对着金老师，同时用右手紧紧捂住了右耳。然后，悄悄把右手抬起一点，这样就足以听清老师的话了。

女孩等待着……

忽然，金老师说了几个字，这几个字仿佛是一束温暖的阳光直射女孩的心田，抚慰了女孩受伤的、幼小的心灵。

这位微胖、温馨可爱的老师轻轻说道："我希望你是我女儿！"

短短几个字，改变了女孩对人生的看法，从

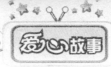

此，她变得快乐，而且自信和勇气一天天增长，

ér nà zhǒng ài de lì liàng yì zhí bàn suí tā zǒu guò rén shēng lù shang de fēng

而那种爱的力量一直伴随她走过人生路上的风

fēng yǔ yǔ

风雨雨。

yue du ti shi
阅读提示

jīn lǎo shī rú chūnfēng bān wēnnuǎn de huà yǔ shǐ xiǎo nǚ hái bú zài zì
金老师如春风般温暖的话语使小女孩不再自

bēi biàn de lè guān hé jiān qiáng shī ài wú hén zhè yàng de ài jù yǒu
卑，变得乐观和坚强。师爱无痕，这样的爱具有

mó lì jǐ yǔ rén wú qióng lì liàng yě néng cuī rén fèn jìn
魔力，给予人无穷力量，也能催人奋进。

七、原本陌生，爱心奉献

五担麦子

范纯仁是北宋著名文学家、政治家范仲淹的儿子,他受父亲影响,性情善良、正直无私。有一次,范仲淹让他把五担麦子从水路运回家乡,范纯仁于是带着人从运河出发了。

一天傍晚,范纯仁一行靠岸休息。岸上传来一阵喧闹声,纯仁走上岸去,只见一个衣衫褴褛的中年人正在卖字画,旁边还站着许多围观的人。

中年人脸色枯黄,语调凄切:"在下石曼卿,父母双亡却无钱安葬,无奈在此卖字。请各位过往的好人开恩,买些字画,好让在下父母早些入土为安。"

范纯仁走上前,问道:"这卖字画所得的钱

款微乎其微，先生何时才能筹足安葬费呢？"

石曼卿仰天长叹一声，忍不住潸然泪下。

范纯仁见了，心中更加不忍。忽然，他上前

几步，大声说："先生，这些字画我全要了。"

石曼卿大喜过望，可是神情马上又黯淡了

下来，低声说道："我的笔墨平平，相公不该一下

子买我这么多字画。"

纯仁说："你我都是读书人，你就当交了我

这个朋友吧。"说完，便拉着石曼卿走向小船。

纯仁指着五担麦子说："石先生，你我虽然

是萍水相逢，但君子当急人所急。今日先生有

jí nàn zhī shì　　wǒ lǐ dāng xiāng zhù　　zhè wǔ dàn mài zi shì jiā fù ràng
急难之事，我理当相助。这五担麦子是家父让

wǒ sòng huí lǎo jiā de　qǐng xiān shengshōu xià　ná huí jiā qù mài diào　zài
我送回老家的，请先生收下，拿回家去卖掉，再

mǎi kuài fén dì ān zàng lǎo rén ba
买块坟地安葬老人吧！"

　shí màn qīng yí gè jìn er de yáo shǒu　　wàn wàn bù kě
石曼卿一个劲儿地摇手："万万不可……"

　　xiān sheng bú bì kè qi　zhè xiē mài zi jiù dàng shì wǒ jiè gěi xiān
"先生不必客气，这些麦子就当是我借给先

sheng de　tā rì xiān shengfāng biàn shí zài huán wǒ jiù shì le　chún rén shuō
生的，他日先生方便时再还我就是了。"纯仁说

zhe　fēn fù pú rén gǎn kuài qù tái mài zi
着，吩咐仆人赶快去抬麦子。

　　huí jiā hòu　chún rén jiāng cǐ shì bǐng bào gěi fù qīn　fàn zhòng yān
回家后，纯仁将此事禀报给父亲。范仲淹

gāo xìng de kuā jiǎng dào　　hái zi　nǐ zuò de duì　jūn zǐ dāng jí rén
高兴地夸奖道："孩子，你做得对！君子当急人

suǒ jí
所急！"

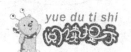
yue du ti shi
阅读提示

　　suǒ wèi　zhù rén wéi kuài lè zhī běn　dāng nǐ wú sī de bāng zhù bié
所谓"助人为快乐之本"，当你无私地帮助别

rén de tóng shí　nǐ de xīn líng yě huì biàn de fēng mǎn ér chōng shí　jūn
人的同时，你的心灵也会变得丰满而充实。"君

zǐ dāng jí rén suǒ jí　dāng bié rén yǒu kùn nan de shí hou　wǒ men qiān wàn
子当急人所急"，当别人有困难的时候，我们千万

bú yào lìn sè zì jǐ de shàn xīn
不要吝啬自己的善心。

张良拾鞋

zhāngliáng shì wǒ guó gǔ dài liǎng hàn chū qī de yí wèi dà chén
张良是我国古代两汉初期的一位大臣。

yǒu yì tiān zhāngliáng xián lái wú shì biàn xìn bù chū yóu dāng tā
有一天，张良闲来无事，便信步出游。当他

zǒu guò yí zuò qiáo de shí hou kàn jiàn yí wèi shēn chuān cū bù má yī de
走过一座桥的时候，看见一位身穿粗布麻衣的

lǎo rén zhàn lì zài qiáo tóu lǎo rén de yī zhuó dǎ ban xiàng yí gè pín kǔ
老人站立在桥头，老人的衣着打扮像一个贫苦

de rén sì hū zài děng dài shén me rén de dào lái
的人，似乎在等待什么人的到来。

zhāngliáng zǒu guò lǎo rén shēn biān shí lǎo rén gù yì bǎ zì jǐ de
张良走过老人身边时，老人故意把自己的

xié zi tuō luò diào zài qiáo xià rán hòu zhǐ zhe zhāngliáng shuō hái zi
鞋子脱落，掉在桥下，然后指着张良说："孩子！

dào qiáo xià bǎ wǒ de xié zi qǔ shàng lái
到桥下把我的鞋子取上来。"

tīng zhe zhè wú lǐ de yāo qiú zhāngliáng yì gǔ nù huǒ zhí wǎng shàng
听着这无礼的要求，张良一股怒火直往上

cuān xiǎng wǒ yǔ nǐ yì diǎn bú rèn shi píng shén me yào wǒ gěi nǐ shí
蹿，想："我与你一点不认识，凭什么要我给你拾

xié dàn dāng tā xiǎng dào lǎo rén nián suì yǐ dà shēn tǐ bù líng biàn
鞋？"但当他想到老人年岁已大，身体不灵便，

xià qiáo qǔ xié yǒu kùn nan shí biàn qiáng yā zhe nù huǒ dào qiáo xià wèi lǎo
下桥取鞋有困难时，便强压着怒火，到桥下为老

rén qǔ lái le xié zi
人取来了鞋子。

看着张良拿着鞋子走上桥来，老人脸上露出了一丝笑容。他慢慢地伸出脚，对张良说："把鞋给我穿上！"张良想："既然已经为他拾了鞋，好人做到底，穿鞋就穿鞋吧！"于是，张良挺直身跪在地上，小心地把鞋穿在老人脚上。

老人看着张良哈哈大笑，一句话没说，转身而去。

老人奇怪的行为，使张良大吃一惊，他看着老人离去的身影，一点也不明白是怎么回事。

谁知，过了一会儿，老人又回来了，说："你这孩子，还值得我来教导，你在五天后天刚亮时，到这儿来等我。"张良对老人的行为虽然感到奇怪，但还是恭敬地跪下来说："是！"后来，老人

交给张良一卷书，并告诉他说："这是一本世上少有的奇书，我一直找不到合适的的年轻人来传授，现在我把它传给你！读了它，你就会有远大的谋略，实现自己的宏伟抱负。"

张良深深谢过老人，接过书一看，原来是《太公兵法》。回去以后，张良反复诵读，认真体会，增长了不少的才智。后来，张良协助刘邦开创了汉朝，立了大功劳，也在历史上留下了"张良拾鞋"这一段佳话。

中国有这样的古训："老吾老，以及人之老"，意思是说在孝敬自己的长辈时不应忘记其他与自己没有亲缘关系的老人。张良就是凭借一颗尊敬老人的善良之心，感动了老人，还得到了一本珍贵的书稿，使自己学有所进。

聂将军与日本小姑娘

在抗日战争时期的一次战斗中，八路军战士从战火中救出了两个失去父母的日本小姑娘。大的五六岁，小的还不满周岁，又受了伤。

聂荣臻将军知道后，立即叫前线部队把孩子送到他那里去。他对战士们说："虽然敌人残忍地杀害了我们无数同胞，但这两个孩子是无辜的，她们也是战争的受害者。我们一定要好好儿地照料，决不能伤害日本人民和他们的后代。"

两个日本孤女很快被送到了指挥部。聂将军先抱起不满周岁的小妹妹，看到她的伤口包扎得很好，便马上让警卫员去老乡家给她找奶吃。然后，又慈爱地拉过那个大一些的女孩，亲切地问她叫什么名字。这个女孩叫美穗子，她不会说中国话，只是不停地说："妈妈死了，妈妈死了……"聂将军见这孩子两眼里流露出惊恐的神色，就拿过一个洗干净的梨子，和蔼地说："这梨洗干净了，吃吧！"美穗子见聂将军和善可亲，便接过梨慢慢地吃起来。开饭的时间到了。聂将军把美穗子拉到怀里，用小勺一口一口地给她喂饭。几天以后，美穗子一点也不拘束了，她用小手拽着将军的马裤，跟着将军跑前跑后，可亲热啦！

然而，激烈的战争不知何时才能结束，为了保证两个孩子的安全，聂将军决定把她们送回石家庄的日军指挥部去，让日方把孩子转送回国，交给她们的亲友。

临行的前天，聂将军和这两个孩子一起照了相。第二天，他派人挑着两个筐子，把这两个日本孤女送往石家庄。聂将军在筐里放了许多梨，留着孩子们路上吃。他还亲笔写了一封信给日军官兵，信中说："中国人民决不与日本士兵及人民为仇敌……我八路军本着国际主义的精神，至仁至义，有始有终，必当为中华民族之生存与人类的永久和平而奋斗到底……"

两个日本孤女被送回日本后，由亲友抚养长大。四十年后，已经成为三个孩子母亲的美穗子和她的家人，专程前来中国看望聂将军，感谢将军的救命之恩。消息传开，聂将军收到了大批来自日本各地的电报和书信，日本人民称他是"活菩萨"，是"中日友谊的使者"。

yue du ti shi
阅读提示

miàn duì dí guó de liǎng gè mò shēngxiǎo nǚ hái　niè jiāng jūn yòngkuānguǎng
面对敌国的两个陌生小女孩，聂将军用宽广
wú sī de xiōnghuáiguān ài tā men　tā suǒ biǎo xiàn chū de zhì rén zhì yì shì
无私的胸怀关爱她们。他所表现出的至仁至义是
rén lèi zuì zhì gāo wú shàng de ài
人类最至高无上的爱。

léi fēng zhù rén wéi lè
雷锋助人为乐

léi fēng shì yì míng pǔ tōng ér yòu wěi dà de jiě fàng jūn zhàn shì
　　雷锋是一名普通而又伟大的解放军战士。
cóng yī jiǔ liù yī nián kāi shǐ　léi fēng jīng chángyìng yāo qù wài dì zuò bào
从一九六一年开始，雷锋经常应邀去外地作报
gào tā chū chāi jī huì duō le　wèi rén mín fú wù de jī huì jiù duō le
告，他出差机会多了，为人民服务的机会就多了，
rén men liú chuán zhe zhè yàng yí jù huà　léi fēng chū chāi yì qiān lǐ　hǎo
人们流传着这样一句话："雷锋出差一千里，好
shì zuò le yì huǒ chē
事做了一火车"。
yí cì léi fēng wài chū zài shěn yáng zhàn huàn chē de shí hou　yì chū
　　一次雷锋外出在沈阳站换车的时候，一出
jiǎn piào kǒu　jiù fā xiàn yì qún rén wéi zhe yí gè bēi zhe xiǎo hái de zhōng
检票口，就发现一群人围着一个背着小孩的中
nián fù nǚ　yuán lái zhè wèi fù nǚ cóngshān dōng qù jí lín kàn zhàng fu　chē
年妇女，原来这位妇女从山东去吉林看丈夫，车

piào hé qián diū le　　　　léi fēng yòng zì jǐ de jīn tiē fèi mǎi le yì zhāng qù
票和钱丢了。雷锋用自己的津贴费买了一张去

jí lín de huǒ chē piào sāi dào dà sǎo shǒu li　 dà sǎo hán zhe yǎn lèi shuō
吉林的火车票塞到大嫂手里，大嫂含着眼泪说：

dà xiōng di　 nǐ jiào shén me míng zi　 shì nǎ ge dān wèi de　　 léi fēng
"大兄弟，你叫什么名字，是哪个单位的？"雷锋

shuō　　 wǒ jiào jiě fàng jūn　　 jiù zhù zài zhōng guó
说："我叫解放军，就住在中国。"

　　　　yī jiǔ liù yī nián wǔ yuè de yì tiān　　　 léi fēng yīn gōng shì dào dān
　　一九六一年五月的一天，雷锋因公事到丹

dōng chū chāi　　qīng zǎo wǔ diǎnzhōngcóng lián bù chū fā　　 zài qù fǔ shùn huǒ chē
东出差，清早五点钟从连部出发，在去抚顺火车

zhàn de lù shang　 kàn dào yǒu yí
站的路上，看到有一

wèi dà sǎo bēi zhe xiǎo hái　 shǒu
位大嫂背着小孩，手

hái lā zhe yí gè liù qī suì
还拉着一个六七岁

de xiǎo nǚ hái qù gǎn chē　 tiān
的小女孩去赶车。天

xī xī lì lì de xià zhe yǔ
淅淅沥沥地下着雨，

tā men mǔ zǐ sān rén dōu méi
他们母子三人都没

yǒu chuān yǔ yī　 nà ge xiǎo
有穿雨衣。那个小

nǚ hái yīn diào jìn ní kēng li
女孩因掉进泥坑里，

nòng le yì shēn ní　　 yì biān zǒu hái yì biān kū　 kàn dào zhè zhǒngqíngkuàng
弄了一身泥，一边走还一边哭。看到这种情况，

léi fēng lì jí xiǎng dào　　　 wǒ jūn zōng zhǐ jiù shì quán xīn quán yì wèi rén mín
雷锋立即想道：我军宗旨就是全心全意为人民

fú wù　 qún zhòng de kùn nan jiù shì wǒ de kùn nan　　 léi fēng jí mángshàng
服务，群众的困难就是我的困难。雷锋急忙上

qián qù　 tuō xià zì jǐ de yǔ yī　 pī zài bēi xiǎo hái de dà sǎo shēnshang
前去，脱下自己的雨衣，披在背小孩的大嫂身上，

爱心故事

176

马上又背起那个小女孩，一同来到火车站。雷锋替她买好了票，又一同上了火车。在车上，雷锋看到那个小女孩，全身衣服没有一点干处，头发还在往下滴水，冻得她直打颤。雷锋自己一身衣服也湿了，他急忙解开外衣，摸摸贴身的那件绒衣还是干的，立即脱了下来，给那个小女孩穿上。听说他们母子三人早晨没吃饭就出来了，雷锋又把自己带的三个馒头送给了他们。上午九点钟，列车到了沈阳，雷锋领着小女孩，把他们母子三人一直送出火车站。

雷锋全心全意地为人民做好事，难怪人们一见到为人民做好事的人就想起雷锋。

yue du ti shi
阅读提示

雷锋说过："人的生命是有限的，可是，为人民服务是无限的，我要把有限的生命，投入到无限的为人民服务之中去。"他用自己的行动实现着自己的誓言。

月光曲

一百多年前，德国有个音乐家叫贝多芬，他谱写了许多著名的曲子。其中有一首著名的钢琴曲《月光曲》，传说是这样谱成的……

有一年秋天，贝多芬去各地旅行演出，来到莱茵河边的一个小镇上。一天夜晚，他在幽静的小路上散步，听到断断续续的钢琴声从一所茅屋里传出来，弹的正是他作的曲子。

贝多芬走近茅屋，琴声忽然停了，屋里有人在谈话。一个姑娘说："这首曲子多难弹啊！我只听别人弹过几遍，总是记不住该怎样弹；要是能听一听贝多芬自己是怎样弹的，那该多好啊！"一个男的说："是啊，可是音乐会的入场券太贵了，咱们又太穷。"姑娘说："哥哥，你别难过，我

bú guò suí biàn shuō shuo bà le
不过随便说说罢了。"

bèi duō fēn tīng dào zhè lǐ jiù tuī kāi mén qīng qīng de zǒu le jìn
贝多芬听到这里，就推开门，轻轻地走了进

qù máo wū li diǎn zhe yì zhī là zhú zài wēi ruò de zhú guāng xià
去。茅屋里点着一枝蜡烛。在微弱的烛光下，

nán de zhèng zài zuò pí xié chuāng qián yǒu jià jiù gāng qín qián miàn zuò zhe
男的正在做皮鞋。窗前有架旧钢琴，前面坐着

gè shí liù qī suì de gū niang liǎn hěn qīng xiù kě shì yǎn jing xiā le
个十六七岁的姑娘，脸很清秀，可是眼睛瞎了。

pí xié jiang kàn jiàn jìn lái gè mò shēng rén zhàn qǐ lái wèn xiān
皮鞋匠看见进来个陌生人，站起来问："先

sheng nín zhǎo shuí zǒu cuò mén le ba bèi duō fēn shuō bù wǒ
生，您找谁？走错门了吧？"贝多芬说："不，我

shì lái tán yì shǒu qǔ zi gěi zhè wèi gū niang tīng de
是来弹一首曲子给这位姑娘听的。"

gū niang lián mángzhàn qǐ lái ràng zuò bèi duō fēn zuò zài gāng qín qián
姑娘连忙站起来让座。贝多芬坐在钢琴前

面，弹起盲姑娘刚才弹的那首曲子来。盲姑娘听得入了神，一曲完了，她激动地说："弹得多纯熟啊！感情多深啊！您，您就是贝多芬先生吧？"

贝多芬没有回答，他问盲姑娘："你爱听吗？我再给你弹一首吧。"

一阵风把蜡烛吹灭了。月光照进窗子来，茅屋里的一切好像披上了银纱，显得格外清幽。贝多芬望了望站在他身旁的穷兄妹俩，借着清幽的月光，弹起琴来。

皮鞋匠静静地听着。他好像面对着大海，月亮正从天水相接的地方升起来。波光粼粼的海面上，霎时间洒遍了银光。月亮越升越高，穿过一缕一缕轻纱似的微云。突然，海面上刮起了大风，卷起了巨浪。被月光照得雪亮的浪花，一个连一个朝着岸边涌过来……皮鞋匠看看妹妹，月光正照在她那恬静的脸上，照着她睁得大大的眼睛，她仿佛也看到了，看到了她从来没有看到过的景象，在月光照耀下的波涛汹涌的大海。

xiōng mèi liǎ bèi měi miào de qín shēng táo zuì le   děng tā men sū xǐng
兄妹俩被美妙的琴声陶醉了。等他们苏醒

guò lái   bèi duō fēn zǎo yǐ lí kāi le máo wū   tā fēi bēn huí kè diàn
过来，贝多芬早已离开了茅屋。他飞奔回客店，

huā le yí yè gōng fu   bǎ gāng cái tán de qǔ zi   yuè guāng qǔ   jì lù
花了一夜工夫，把刚才弹的曲子《月光曲》记录

le xià lái
了下来。

yue du ti shi
阅读提示

bèi duō fēn suī rán bú rèn shí xiōng mèi liǎ   què yòng zì jǐ de qín shēng
贝多芬虽然不认识兄妹俩，却用自己的琴声

bǎ měi hǎo hé xìng fú sòng gěi le tā men   yǔ rén méi guī shǒu yǒu yú xiāng
把美好和幸福送给了他们。"予人玫瑰，手有余香"，

tā zì jǐ yě yīn zhè fèn wú sī de fèng xiàn bǔ huò dào le chuàng zuò de líng gǎn
他自己也因这份无私的奉献捕获到了创作的灵感。

xiǎo   shè   yǐng   shī
小 摄 影 师

gāo ěr jī shì qián sū lián jié chū de wén xué jiā
高尔基是前苏联杰出的文学家。

nián xià tiān   gāo ěr jī zhù zài liè níng gé lè   tā jīng
1928年夏天，高尔基住在列宁格勒。他经

cháng zuò zài chuāng zi páng biān gōng zuò   yí gè yáng guāng míng mèi de zǎo chen
常坐在窗子旁边工作。一个阳光明媚的早晨，

gāo ěr jī zhèng zài dú shū tū rán   yí gè xiǎo zhǐ tuán cóng chuāng wài fēi dào
高尔基正在读书，突然，一个小纸团从窗外飞到

181

了桌子上。高尔基打开纸团，上面写着："亲爱的高尔基同志，我是一名少先队员。我想给您照张相，贴在我们的墙报上。请您让他们放我进去。我照完相，立刻就走。"

高尔基从窗口向外望去，看见人行道上坐着个10岁左右的小男孩，手里拿着一架照相机。

"是你扔的纸团吗？"高尔基问。

"是的。"小男孩站起来，鞠了个躬，"请让我进去吧！"

"来吧，我让他们放你进来。"高尔基说。

过了一会儿，小男孩站在高尔基面前了。他仔细打量着高尔基，咧开嘴笑了。然后用手指了指沙发，说："请您坐在这儿看报纸。"

高尔基拿了张报纸，按小男孩的吩咐坐下。

小男孩摆弄了很久很久，说："一切准备停当。"

高尔基侧过脸，对着他微笑。突然，小男孩往下一坐，哭了起来。

"你怎么了？"高尔基不知出了什么事。

小男孩哭着说："我把胶卷忘在家里了。"

高尔基赶紧站起来，小男孩已经提着照相机跑了出去。高尔基走到窗口，大声喊道："孩子，回来！我给你胶卷，我这儿有很多胶卷。"

小男孩哭着，跳上一辆电车。电车马上开走了。

晚上，秘书告诉高尔基："外面来了一位摄影师。"

"是个小男孩吗？"高尔基问。

"不是。是一家杂志社的记者。"

"请转告他，我很忙。不过，来的如果是个小男孩，就一定让他进来。"

工作繁忙的高尔基一般不接受记者的采访和照相，但却欣然接受一个陌生孩子的请求，这源于他对孩子无私的关怀和爱护。